Chara

事件現場はロマンスに満ちている

JN083559

らら

キャラ文庫

この作品はフィクションです。
実在の人物・団体・事件などにはいっさい関係ありません。

目次

口絵・本文イラスト／柳ゆと

1

アメリカ合衆国、カリフォルニア州ロサンゼルス。

西海岸に位置する一大都市は、二月に入ってから穏やかな晴天が続いている。

ダウンタウンに位置する〈アナベラ・パブリッシング〉――女性向けのロマンス小説に特化した出版社の応接室で、藤村雨音《ふじむらあまね》はそわそわと落ち着かない気分で壁のポスターを見上げた。

アナベラ・ロマンス期待の新鋭、ラナ・カークのベストセラー『司書の密《ひそ》かな恋心』待望の続編発売決定！　ホットな刑事ジェイクと内気な図書館司書マデリン、恋人同士になったふたりに再び災難が降りかかり⁉

何十回も繰り返し読んだ文言だが、読むたびに頬が緩んでしまう。

ラナ・カークは雨音のペンネームだ。二十二歳のときにデビューして、そろそろ三年になる。

デビュー作は新人としては好調な売れ行きだったが、二冊目、三冊目でやや失速。ロマンス作家としての生き残りを懸けた四冊目の著書がヒットし、初めて続編の出版が決定。嬉《うれ》しさのあまり三週間で書き上げ、幾度かの改稿を経ていよいよ今月発売されることになっている。

『司書の密かな恋心』のヒーローは、当初は英文学者だった。担当編集者のポーラ・ビンガムのアドバイスで刑事に変更したのだが、正直あまり乗り気ではなかった。けれど、今はポーラが正しかったとわかる。知的で繊細な英文学者ではなく逞《たくま》しく野性的な刑事をヒーローにしたことで、物語が格段に面白くなったのだ。

そう感じたのは雨音だけではない。発売直後から読者の反響が大きく、一週間で重版も決まった。今月発売の続編も、予約が好調と聞いている。

(なんで呼び出されたんだろ。ポーラはいいニュースだって言ってたけど)

ジェイクとマデリンの第三弾が決定したとか？　いや、それはない。第三弾の有無は、発売後の売れ行きを見て判断すると言われたばかりだ。

あるとすれば翻訳版のオファーだろうか。映画もしくはドラマ化だったら嬉しいが、あまり期待しすぎるなと自分に言い聞かせる。

「お待たせしてごめんなさい」

心を平静に保とうと目を閉じていると、ポーラがせかせかした足取りで現れた。

雨音の母親と同世代の彼女は、ロマンス小説畑一筋のベテラン編集者だ。ポーラとは仕事の話しかしないので、実は彼女のことはよく知らない。雨音がポーラについて知っていることといえば、結婚指輪はしていないこと、いつも何かしら緑色のものを身につけていること、そして、とても信頼できる優秀な編集者ということだけ。

「いえ、僕もさっき着いたばかりです」

立ち上がって軽く握手をかわす。

――これはここ数ヶ月で変化したことのひとつだ。雨音は接触恐怖症気味でハグはもちろん握手も無理だったのだが、いろいろあって握手はできるようになった。といっても相手は女性と子供限定、成人男性はひとりを除いてまだ無理なのだが。

「さっき営業部のスタッフから聞いたんだけど、続編の広告を打ってから既刊の売り上げが伸びてるんですって。ＳＮＳの書き込みも増えてるし、着々と知名度が上がっていくのを実感してるわ」

「ええ、僕も背中に追い風を感じていて、続編で上昇気流に乗りたいところです」

雨音の言葉に、ポーラが悪戯《いたずら》っぽい笑みを浮かべてみせた。

「そう、今日あなたに来てもらったのは、その上昇気流に乗るためにちょっとした提案をさせてもらおうと思って」

ポーラの言葉に、ごくりと唾を飲み込む。そんな切り出し方をされたら、期待がむくむくと膨れ上がってしまうではないか。

「ブックストアでのサイン会よ！」

とびきりの秘密を打ち明けるように、ポーラが大袈裟《おおげさ》に両手を広げてみせる。

サイン会――まったく予想していなかったニュースに、雨音は数秒間固まってしまった。

嬉しさのあまり……ではなく、困惑七割、落胆三割といったところか。覆面作家の自分にサイン会のオファーが来るとは思ってもいなかったし、断るしかないオファーに落胆も大きかった。

「ええと……せっかくですけど、僕は無理です」

「そう言うと思った。あなたが顔出しNGなのは重々承知してるから」

あっさり言って、ポーラが肩をすくめる。

「まあ最後まで聞いてちょうだい。サイン会は定員百名程度だから、それだけで大きな売り上げになるわけじゃない。けど、サイン会に足を運ぶのは読者の中でも特に熱心な人たちよ。ロマンス小説愛読歴四、五十年の猛者や読書会の主催者、書評ブロガー等々、発信力のあるファンがSNSで〝期待の新鋭のサイン会に行ってきた〟〝新刊面白かった〟〝続編が楽しみ〟と書いてくれるのがどれほどありがたいことか」

口コミがときに出版社の大々的な宣伝をも凌《しの》ぐパワーを持っていることは、雨音もよくわかっている。

だが雨音は自分の正体を読者の前に晒《さら》す気はない。熱心なファンなら受け入れてくれるかもしれないが、ネットで拡散されれば愛読者ではない人の目にも触れてしまう。

男性のロマンス作家なんて奇異の目で見られるに決まっているし、どんなふうに叩《たた》かれるかも容易に想像がつく。

ロマンス小説は女性が書いて女性が読むもの、男性が読んだり書いたりするのはおかしい――多様性が尊重される世の中になったとはいえ、ネットにはいまだにこういった意見が溢《あふ》れている。女っぽくてキモいだとか女になりたいのかとか、十代の頃散々投げつけられた攻撃的な言葉の数々がよみがえり、雨音はちくりと胸が痛むのを感じた。

「口コミのメリットと僕が正体を晒すデメリット、秤《はかり》にかけてみたらやっぱりデメリットのほうが重いかなって。それに、僕が接触恐怖症なのはご存じでしょう？　以前より少しましにはなったけど、読者にいい印象を与えられるとは思わないし」

「そう言うと思って代替案を用意してきたわ。替え玉作戦はどう？」

「替え玉？　僕の代わりに誰か別の人をラナ・カークに仕立てるってことですか？」

驚いて訊《き》き返すと、ポーラが「その通り」と頷《うなず》いた。

「ここだけの話だから軽く聞き流して欲しいんだけど、ある作家は人前に出るのがとても苦手で、妹を影武者に仕立ててサイン会をやったことがあるとかないとか。妹は完璧に作家を演じて読者も満足、作家本人もストレスを感じずに済んで双方ウィンウィンってわけ」

「僕は代役を頼める人がいません。姉妹もいないし、従姉妹《いとこ》はいるけど日本に住んでて英語が話せない」

「身内じゃなくてもいいのよ。ここはＬＡだから女優の卵が山ほどいる。写真撮影禁止にすれば証拠も残らないわ」

甘い。いくら撮影禁止と言っても、こっそり撮影する不届き者はどこにでもいる。女優の卵だって、替え玉作戦を暴露しないという保証はどこにもないのだ。

笑みを保ったまま、雨音は「ありがたいお話ですけど、サイン会は遠慮しておきます」と丁重に辞退した。

ラナ・カークは新進ロマンス作家として既に一定の評価を得ている。せっかく築き上げたキャリアを一瞬で失うかもしれないようなリスクは、避けるのが賢明だ。

「ま、私もあなたが諸手《もろて》を挙げて賛成するとは思ってなかったわ。けど返事の猶予が一週間あるし、気が変わったらすぐに連絡してちょうだい」

「ええ、そうします」

気が変わるなんてあり得ない、絶対に。

けれどポーラが本が売れるよう尽力してくれていることはよく知っているので、強い口調で拒否することは避けて穏やかに微笑《ほほえ》んだ。

「もうひとつお願いがあるの。実はこっちが今日あなたに来てもらった理由なんだけど」

「なんでしょう？」

怖々尋ねると、ポーラが隅のテーブルに積み重ねてあったパネルを一枚抜き取った。

「今度ここのロビーでアナベラ・ロマンスのカバーイラスト展をやるんだけど、あなたにサインを入れて欲しいの。お願いできる？」

ポーラが持ってきたのは、『司書の密かな恋心』のカバーイラストのパネルだった。

ロマンス小説の表紙はモデルの写真が多いのだが、アナベラ・ロマンスは水彩画風のイラストを採用している。

モデルの男女の写真は少々生々しく感じられるので、読者時代からイラストの表紙のほうが断然好きだった。デビューするなら絶対アナベラ・ロマンスで、と心に決めていたほどだ。

「もちろん、喜んで」

笑顔で即答し、雨音はサインペンを手に取った。

◇◇◇

ロサンゼルス郡南西部に位置するホーソーン市。

車から降り立ったワイアット・ケンプは、ぐるりと周囲を見まわした。

二月にしては気温が高い日が続いており、日差しも眩《まぶ》しい。サングラスをかけて、ひび割れたアスファルトの舗道を歩く。

ホーソーンは特に治安が悪い地域ではないが、ここは殺伐とした空気が漂っていた。

商業地域だが空き店舗が多く、昼間は問題ないが夜は要注意だろう。事件現場も元コインランドリーと元質屋の間の路地裏で、被害者が悲鳴を上げても届かなかった可能性が高い。

「強盗殺人課のケンプだ」

警察バッジを掲げてみせると、緊張した面持ちで規制線の前に立ちはだかっていた若い制服警官が「ご苦労さまです」と敬礼した。

「きみも軍人上がりか」

「はい、除隊して一年になります」

「俺は七年だ。ってことはＬＡＰＤに入って六年以上経《た》つのか？　早いもんだな」

独りごちながら手袋を装着し、現場へ向かう。

「ケンプ、遅いぞ」

「ドクター、来てくださったんですね」

検死医と挨拶を交わし、慎重に被害者の遺体に歩み寄る。屈《かが》んで被害者を観察していた部下のハリッシュ・シャルマが顔を上げ、ゆっくりと立ち上がった。

「レベッカ・ライト、三十四歳独身、職業は私立高校の歴史教師です。バッグはすぐそこのゴミ箱から見つかりました。現金とクレジットカード、携帯電話がなくなってますが、免許証が残ってて身元がわかったんです」

「強盗か、あるいは強盗に見せかけたか。死因と死亡推定時刻は？」

検死医が「扼殺《やくさつ》、昨夜の十時から午前零時頃」と答える。

「後頭部にも打撲の痕があるから、後ろから近づいてまず頭を一発殴り、被害者が驚いて逃げようとしたところを地面に押し倒して馬乗りになって両手で首を絞めた」

「性的暴行は？」

「詳しい検死が終わるまで返事は保留だが、おそらくないだろう。着衣に乱れはなく、一度脱がせて再び着せたとは思えない」

検死医が腕を組んで遺体を見下ろす。

紺色のブレザーに白いブラウス、ブラウン系のチェックのパンツには黒いベルトがきっちり締められている。ブラウスのボタンも外れていないし、多くの現場を見てきたワイアットも検死医の意見に賛成だった。

気になるとしたら、三十四歳にしては服装が地味なことだろうか。教師だから華美な服装を避けていたのかもしれないが、それにしても少々野暮ったい気がする。

「聞いたよ。クレリック警部補は災難だったな」

検死医の言葉に、ワイアットは頷いた。

「ええ、骨折で全治二ヶ月だそうです」

三日前、ワイアットが所属している捜査班のリーダー、ロバート・クレリック警部補が救急搬送された。逃走中の容疑者を追いかけた際に階段で足を踏み外し、重傷を負ったのだ。

「クレリックの療養中は誰が捜査班の指揮を？」

「俺です」

答えると、検死医が眉をそびやかした。

検死医が意外に思うのも無理はない。百戦錬磨の刑事たちの中で、三十二歳のワイアットは若造の部類だ。

チームのメンバーはワイアットとシャルマ、ジャック・ルッソ、ローラ・ホークス。

クレリックを除いたメンバーの最年長は四十歳のホークスだが、制服警官からの叩き上げの彼女は長らく風紀課に在籍し、強盗殺人課に転属になったのは一年ほど前のこと。ＳＷＡＴ出身の三十五歳のルッソも、強盗殺人課でのキャリアはワイアットより短い。

「まあきみは経験豊富だし、適任だろう」

「だといいんですが」

検死医の言葉に、ワイアットは殊勝な笑みを浮かべて見せた。

これまでの実績を見れば、ワイアットが適任であることは明白だ。ルッソは内心面白く思っていないかもしれないが、ラファロの決定に不満を訴えたりはしなかった――少なくとも表面上は。

「さて、私は帰るよ。検死結果は今日中に報告できると思う」

「お願いします」

検死医を見送ってから、ワイアットはシャルマに向き直った。

「服装的に、被害者は仕事帰りか？」

服装に関する意見を聞きたくて、シャルマに問いかける。

シャルマはチーム最年少の二十七歳で、インド系の頭脳明晰《めいせき》な若者だ。少々頭でっかちな面もあるが、細かいことによく気づくのでワイアットも頼りにしている。

「それなんですけど、被害者は勤務先の高校にバスで通勤していて、アパートは三つ先の停留所が最寄りなんです。自ら途中下車したのか、犯人に追いかけられてここまで来たのか不明で」

「遅くなって悪い、渋滞にはまっちまって」

規制線をくぐって、ルッソとホークスが駆け寄ってくる。

ルッソとホークスにこれまでの情報を伝え、ワイアットは全員の顔を見まわした。

「通り魔と怨恨の両方から調べよう。ルッソとホークスは通勤バスと周辺の防犯カメラの分析と聞き込みを頼む。俺とシャルマは被害者の勤務先とアパートを訪ねて交友関係を調べる」

「了解」

今日も帰りが遅くなりそうだ。

肩で息をつき、ワイアットは踵《きびす》を返して事件現場をあとにした。

◇◇◇

「もう行くの？」

ベッドに横たわったまま、マデリンはジェイクの背中に問いかけた。

ジェイクが振り返り、「悪い、起こしちまったな」と笑みを浮かべる。

「今週はちょっと忙しくなりそうなんだ。また電話するよ」

「……ええ、気をつけて」

微笑んで彼を見送ったあと、マデリンは深々とため息をついた。

本音を言うと、朝まで一緒にいたかった。刑事が多忙な職業であることはよくわかっているけれど、今日は一週間ぶりの逢瀬《おうせ》だったのに……。

「だめよ、マデリン。欲張ってはだめ」

独りごちて、寝返りを打つ。

もっと会いたいとかもっと一緒にいたいとか、言えばジェイクを困らせるだけだ。

こういう不満はいずれ〝仕事と私、どっちが大事なの？〟という致命的な言葉になって口から飛び出し、ふたりの関係を終わらせるのが目に見えている――。

キーボードを打つ手を止めて、雨音は眉根を寄せた。

（ちょっとマデリンの考え方が古すぎるかな）

今どきの若い女性は「仕事と私、どっちが大事？」なんて言わない気がする。

男も女もそれぞれ働いていて、仕事に時間を取られてしまうのはわかりきっている。仕事と恋愛のどちらかを選ぶのではなく、恋愛関係を継続させるためにはお互いやりくりして両立させるしかないのだ。

(その点、僕とワイアットってすごく上手《うま》くやってるよね)

椅子の背にもたれ、雨音は自画自賛タイムに浸った。

ワイアット・ケンプ――LAPDの強盗殺人課の刑事で、人生で初めてできた恋人。

――八ヶ月前にこのアパートに引っ越して、雨音とワイアットは廊下を挟んだお向かいさんになった。同棲《どうせい》かルームシェアをしないかと言われて絶対無理と突っぱねたのだが、ワイアットが妥協案として『ご近所さんから始めよう』と言ってくれたのだ。

ひとりの時間と空間を確保しつつ、ワイアットと毎日気軽に会うことができる。ひとり暮らしに付き物だったピリピリした緊張感も和らぎ、心穏やかに過ごせる時間が増えた。

多忙なジェイクと一緒に過ごす時間を増やすためには、マデリンも彼のアパートの近くに引っ越すのがいいのではないか。

マデリンの気持ちになって物語の世界に浸っていると、ドアをノックする音に現実に引き戻された。

時刻はまもなく二十二時、こんな時間に部屋を訪ねてくるのはひとりしかいない。玄関へ急ぎ、ドアスコープを覗《のぞ》いてからチェーンを外して鍵を開ける。

「おかえり」

「遅くに悪いな」

少し疲れた顔で、ワイアットが小さく微笑んだ。

榛色《はしばみいろ》の目と視線が合った瞬間、胸の奥がじわりと熱くなる。

つき合い始めて八ヶ月経つのに、いまだにワイアットと目が合うとどぎまぎしてしまう。

接触恐怖症のせいで、これまで他人との関わりが極端に少なかったせいだろうが……。

無言で突っ立っていると、ワイアットが「メールにチキンカレー作ったって書いてあったから」と両手を広げた。

「そう、すごく美味《おい》しくできたんだ。入って」

「その前にシャワー浴びてくるよ」

「いいって。お腹《なか》減ってるでしょう」

ワイアットを招き入れ、急いでキッチンへ向かう。

ご近所生活のメリットはたくさんあるが、手料理を振る舞う相手ができたことでモチベーションが飛躍的に向上したのもそのひとつだ。

(やっぱり美味しいって言ってくれる人がいると作り甲斐《がい》があるし)

チキンカレーを温めていると、隣にやってきたワイアットが鍋を覗き込む。

「いい匂いだ」

「でしょう。冷蔵庫に海老《えび》とブロッコリーのサラダがあるから先に食べてて」

「ビール持ってくる。きみも飲む？」

「ノンアルコールのがあれば」

「確かあったはずだ」

部屋にビールを取りに行ったワイアットが、両手にビール缶を持って戻ってくる。

ワイアットの向かいの席に掛けて、雨音は「いただきます」とビールの缶を開けた。

「これ美味《うま》いな。前に作ってくれたチキンカレーも美味かったが、こっちのほうが好みだ」

「僕も。これは生のトマトを使うレシピなんだ」

「お代わりしてもいいかな」

「もちろん。たくさん作ったからしっかり食べて」

あっという間に空になったワイアットの皿に、二杯目のカレーを盛り付ける。

「今日は出版社に行ってきたんだろう？　ポーラの話ってなんだったんだ？」

空腹が少し落ち着いたのか、ワイアットが食べるスピードを緩めて切り出した。

「サイン会やらないかって言われた」

「すごいじゃないか」

「当然断ったけどね。僕は顔出しNGだから。そしたら思いがけない提案をされて……」

缶に残っていたビールを飲み干し、雨音はポーラの替え玉作戦について説明した。

「替え玉ならフィオナに頼めばいい」

事もなげに言って、ワイアットがサラダの海老を口に放り込む。

「だめだよ。フィオナはハリウッドスターみたいな今どきの美女じゃん。僕が書いてるロマンス小説のイメージと合わない。第一、今は忙しくてそれどころじゃないだろうし」

フィオナはワイアットの異母妹で、雨音の唯一の親友だ。情報工学を学ぶ大学生で、現在シリコンバレーのIT企業でインターンとして働いている。

雨音とワイアットがつき合い始めた頃、フィオナにはチャズという彼氏がいた。そのチャズがある殺人事件の容疑者となり、無事容疑は晴れたものの、それがきっかけでふたりは別れることになった。

『あんだけ殊勝な態度で酒も大麻もやめるって言ったくせに、結局一ヶ月もしないうちに元の木阿弥《もくあみ》よ。泥酔して約束をすっぽかすような男とはつき合いきれない』

それだけではなく、他にもいろいろあったのだろう。雨音としてもフィオナの決断には賛成だった。チャズは愛嬌《あいきょう》があって憎めない男なのだが、フィオナにはもっとふさわしい相手がいるはず。

「見ず知らずの人に替え玉頼むのもいろいろ不安だし、サイン会はパス」

この話は終わりとばかりに立ち上がる。冷蔵庫からオレンジを取り出してデザート用に切り分けていると、ワイアットが食べ終えた皿を持ってやってきた。

「本当に断っていいのか？　読者と会う貴重なチャンスだろう？」

オレンジを皿に盛り付けながら、ちらりとワイアットを見上げる。

「いいよ。たまにもらうファンレターで充分」

答えてから、雨音は心にもやっとした霧が広がるのを感じた。

たまにもらうファンレターで充分——さっきまで本当にそう思っていたのだが、読者と会う貴重なチャンスという言葉に心が揺らぎ始めている。

（いやいや、読者の前に姿を晒すなんて、絶対リスクのほうが大きいって）

さっと霧を振り払い、雨音はオレンジの皿にフォークを添えてテーブルに置いた。

「そういえばニュースで見たんだけど、ホーソーンで殺人事件があったんだってね」

慣れとは怖いものだ。ワイアットには食事中に事件の話をしないでと口喧《くちやかま》しく言っているくせに、オレンジを食べながら殺人事件の話を口にしてしまった。

「ああ、その件できみに応援を頼むかも」

いつもだったらにやっと笑って「食事中は事件の話は禁止だ」などと突っ込んでくるのに、気づかなかったのか面倒だったのか、ワイアットが淡々と応じる。

「いいよ。しばらく小説の仕事は暇だから。スマホとパソコンの分析？」

予定は入っているが、次回作がジェイクとマデリンの続編になるか、それとも別の作品になるかは未定だ。見切り発車でマデリンたちの話の続きを書き始めているものの、これが日の目を見るかどうかは今度の新刊の売れ行き次第。

「スマホは現場付近になかった。おそらく犯人が持ち去ったんだろう。財布から現金とカードも抜き取られてた」

「強盗ってこと？」

「強盗かもしれないし、強盗に見せかけたのかもしれない」

「パソコンは？」

「職場とアパートに一台ずつ。以上で質疑応答は終了させていただきます」

オレンジを食べながら、ワイアットがおどけた仕草でドアを閉めるジェスチャーをする。

まだ捜査の手伝いをすると決まったわけではないので、部外者の雨音に事件の詳細を話すのはNGだ。けれどそれだけではなく、ワイアットの態度がいつもより少しピリピリしているような気がする。

日頃のワイアットは、事件の話をするときにおどけたりしない。ふざけた態度で何かを隠そうとしている……と考えるのは穿《うが》ちすぎだろうか。

（ニュースで報じられてるよりも深刻な事態なのかな）

こういうときは、気づかないふりでスルーしたほうがいい。

平静を装ってオレンジを食べていると、ワイアットがふっと笑みを浮かべた。

「きみは本当に、思ってることが全部顔に出るよな」

「……僕が何を思ってるように見えるの？」

「〝ワイアットがなんか苛立《いらだ》ってるみたいだけどなんだろう、何かあったのかって訊くべき？いやいや、訊くのはまずいかも？〟」

言い当てられて、雨音は唇を尖《とが》らせた。言い返そうと口を開きかけたところで、ワイアットに制止される。

「すまない、確かに今の俺はちょっとナーバスになってる。実は今回の事件で、捜査班の指揮を執ることになったんだ」

「クレリック警部補の代わりに？」

ワイアットが頷き、雨音は眼鏡の奥の目を瞬《またた》かせた。ワイアットの言う通り思っていることが全部顔に出るとするなら、今の自分は「これは驚きだ」という表情をしているのだろう。

捜査班のリーダー、クレリック警部補が怪我《けが》で入院したことは聞いている。クレリック警部補がいない間は、キャプテンのボニー・ラファロが仕切るのかと思っていた。

「ラファロ警部じゃなくて？」

「ラファロは強盗殺人課のトップで上層部に近い管理職的ポジションだからな。よほどのことがない限り、現場で指揮は執らない。年齢的にはルッソやホークスのほうが上だが、強盗殺人課でのキャリアは俺のほうが長いから」

「そうなんだ……。僕にはあなたの立場とかわかんないから自分だったらどうだろうって考えちゃうんだけど、心の準備期間なしで急に捜査班のリーダー任されたらプレッシャーで具合悪くなっちゃうかも」

雨音の言葉に、ワイアットがいつもの穏やかな表情でくすりと笑った。

「俺はプレッシャーは感じなかったし、自分なら上手くやれるって自信もあった。だけど今日さっそくルッソと一悶着《ひともんちゃく》あって」

視線を宙に向け、ワイアットが小さくため息をつく。

ルッソは明るく気さくな男だが、血の気が多くて喧嘩《けんか》っ早く、冷静沈着なワイアットとは正反対のタイプだ。取調室で容疑者相手に激高し、ワイアットとクレリックが慌てて止めに入るのを目にしたことがある。

「ルッソだけじゃなく、捜査班全員他にいくつも捜査中の案件を抱えて同時進行してる。ルッソが別の事件のことで動いてるのは知ってたが、クレリックがいない間、ちゃんとできるところを見せなきゃって気持ちがあったんだろうな。俺がホーソーンの事件を優先してくれと言って、ルッソが何を優先するかは俺が決めると言い返して」

ワイアットが肩をすくめる。

「代理でも今は俺がリーダーだ、捜査班の方針は俺が決める、って言いたいところだが、そんなこと言ったら誰もついてこなくなる。その点クレリックは上手くやってたと気づいたよ。チーム全員のスケジュールを把握して、ある程度メンバーの自主性に任せつつ、ここぞってときは皆を従わせて」

「ひとついい？　クレリック警部補だって、リーダーになったその日から上手くやってたわけじゃないと思うよ」

雨音の言葉に、ワイアットが小さく笑った。

「確かにそうだな。最初から完璧にやろうとしたって無理だ。ちょっと気が軽くなったよ」

その言葉に嘘《うそ》がないことは、ワイアットの表情から伝わってきた。

雨音と違ってワイアットはポーカーフェイスが得意だ。つき合い始めた当初は彼の本心が摑《つか》めなくて戸惑うことも多かったが、つき合っているうちに本心からの表情かそうではないかくらいはわかるようになってきた。

「コーヒーか紅茶は？」

尋ねると、ワイアットが首を横に振る。

「帰ってシャワーを浴びる。きみの今夜の予定は？」

そのセリフに含みを感じて、雨音はちりっと肌が粟立《あわだ》つのを感じた。

「特にないよ。今は仕事も忙しくないし」

「じゃあ……俺の部屋に泊まりに来るのはどう？」

囁《ささや》くような声音が、これはセックスの誘いだと示していた。セックスなしでただ一緒に寝ようというときはもっと軽い口調で言うし、こんなふうにねっとり見つめたりしない。

「そうだね。じゃあ……一時間後くらい？」

目をそらしつつ答えると、ワイアットが空になった皿を手に「三十分後だ」と勢いよく立ち上がった。

「お皿はそのままでいいよ。全部食洗機に突っ込むから」

「じゃあお言葉に甘えて」

皿をシンクに置いて、ワイアットが風のように去って行く。

その後ろ姿を見送ってドアに鍵を掛けると、雨音も急いで後片付けに取りかかった。


日付が変わった午前零時、ワイアットの部屋の前に立った雨音は、そっとドアをノックした。

すぐにドアが開き、バスローブ姿のワイアットが両手を広げる。

「なかなか来ないから迎えに行こうと思ってたところだ」

「時間ぴったりだよ」

唇を尖らせつつ、ワイアットの横をすり抜けるようにして室内に足を踏み入れる。

ドアを閉めて鍵を掛けたワイアットが、背後からごく自然な動作でハグしてきた。

「……っ」

いい加減慣れたいのに、ワイアットに触れられるたびに動揺してしまう。気恥ずかしさを紛らわそうと、雨音は「夕食のあと話そうと思ってたんだけど」と切り出した。

「何?」

「今年は十三年ゼミと十七年ゼミが二百二十一年ぶりに同時に羽化する年なんだって」

「ふうん……素数ゼミってやつだな」

耳元で雰囲気たっぷりに囁かれ、雨音は首をすくめた。

「そうそれ。すごいよね、一兆匹だって」

「残念ながらカリフォルニアでは見られないな」

「うん……別に直接見たいわけじゃないんだけどさ」

「セミの話、まだ続けたい?」

言いながら、ワイアットがTシャツの上からゆっくりと胸をまさぐる。

「……ま、今しなくてもいい話だよね」

さらっとかっこよく言いたかったのに、あからさまに声が上擦ってしまった。

「だよな。こっちに集中しよう」

「……っ」

耳を軽く食《は》まれ、熱い舌に官能を直撃される。あっというまに体の芯に火がつき、雨音は息を喘《あえ》がせた。

こうなったらもうだめだ。全身がひどく敏感になり、ワイアットに触れられた箇所にびりびりと電流が走って何も考えられなくなり――。

「今日は大人しいんだな。いつもだったら嚙《か》むなとか舐《な》めるなとかいろいろ言うのに」

笑いを含んだ声とともに、ワイアットが思わせぶりに下半身を押しつけてくる。

びくっと背筋を震わせ、雨音は反射的にワイアットの腕から逃れようと身じろぎした。

「どうした？　その気にならない？」

「ちが……そうじゃなくて……っ」

その気にならないどころか、やる気満々だ。

が、前回のセックスから少し時間が空いたせいで――といっても一週間程度だが――気恥ずかしさが倍増している。

しかも昨夜、ワイアットのことを思い浮かべながら破廉恥なオナニーに耽《ふけ》ったばかりだ。

「このまま進めてもいいのか？」

「もちろんだよ。そのために来たんだし」

ワイアットの腕から逃れ、雨音はそそくさと寝室へ向かった。我ながら可愛《かわい》げのない態度だと思うが、少しクールダウンしないと恥ずかしくて続きができそうにない。

寝室はナイトテーブルのランプのほの暗い明かりのみ、キングサイズのベッドはきちんとベッドメイクされていた。ワイアットが雨音の意向を尊重してくれていることに感謝しつつ、もぞもぞとTシャツを脱ぐ。

「ちょっと待った。俺から脱がせる愉《たの》しみを奪うつもりか？」

ハーフパンツを下ろそうとしたところで、背後から伸びてきたワイアットの手に阻まれた。

「僕にも自分で脱ぐことを愉しむ権利があるはずだけど？」

反射的に憎まれ口を叩いてしまうこの癖は、どうにかならないものか。

ワイアットが声を立てて笑い、雨音の体を抱えてベッドに倒れ込む。逞しい体にじゃれつかれて、雨音は手足をじたばたさせた。

「ん……っ」

今度は憎まれ口を叩く前に、ワイアットに唇を塞がれる。やや強引に押し入ってきた舌が、雨音が口腔《こうこう》内に何か隠しているのではと疑うように執拗《しつよう》に這《は》いまわった。

――ワイアットの前戯はどこか取り調べを思わせる。つき合い始めた頃はそうでもなかったのに、先月辺りからだんだんそう感じることが増えてきた。

調べられるのは口腔内だけではない。乳首を弄《いじ》りまわして反応を確かめたり、腋《わき》の下に鼻を突っ込んで匂いを嗅いだり、最初は変態趣味を隠していたのだろうかと警戒したが、どうやら雨音が恥ずかしがる様子を見て愉しんでいるらしい。

（ほんと、質《たち》が悪いんだから……っ）

なんとかキスから逃れ、急いでハーフパンツを脱ぎ捨てる。濡《ぬ》らすところを見られないよう、下着も早く脱いでしまわなくては。

「きみが自分で脱ぐ権利は尊重するが、これは譲れない」

白いビキニブリーフの前に触れられ、「ひゃっ」と声が出てしまった。硬くなり始めていたペニスが、ワイアットの大きな手のひらの感触に悦《よろこ》んでびくびくと震える。

「さ……」

触らないでと言いかけて、雨音は唇を噛みしめた。

触って欲しくないわけではない。体はワイアットに触れられるのを待ち侘《わ》びているし、わざわざセクシーなビキニブリーフ――しかもTバックを穿《は》いてきた。

けれど己の欲望を素直に認められなくて愛撫《あいぶ》を愉しむ余裕もなく、かといってワイアットの手を振り払うこともできず、ただ声を殺して身悶《みもだ》える。

（あ……濡れてる……っ）

先走りが漏れて、下着にじわっと染みが広がるのがわかった。薄くてぴったりした布地なので、ワイアットも気づいているに違いない。

幸いなことに、時間は確実に過ぎていく。ワイアットの愛撫が、やがて羞恥や葛藤をかき消してくれることはわかっている。欲望のままに快楽を追求できる状態になるまで、この身の置きどころのなさを我慢してやり過ごせば……。

「今日はにぎにぎしてくれないのか？」

歯を食いしばって耐えていたところで、雨音はワイアットの笑いを含んだ囁き声に現実に引き戻された。

「は⁉　にぎにぎって何だよ⁉」

それが何を指しているのか、もちろんわかっている。けれど逆ギレ気味に言い返さずにはいられなかった。

ワイアットのペニスに触れられるようになったのは、つき合い始めて三ヶ月以上経ってからのこと。カマトトぶるつもりは毛頭ないが、最初は直視すらできなかった。

太くて逞しいそれを、手のひらで包み込んで硬さや質感を味わう。密かな愉しみを改めて口にされると、恥ずかしくて爆発しそうだった。

「今俺がきみのを触ってるように、俺のを触ることだよ」

ご丁寧に質問に答えながら、ワイアットが下着の上から雨音の亀頭を指の腹でくすぐる。

「……あ……っ」

濡れて張り付いた布地の上からの刺激に、初《うぶ》なペニスが耐えられるはずもない。

背筋を震わせながら下着の中で精液を迸《ほとばし》らせ、雨音は息を喘がせた。

（うう……またやっちゃった……）

下着の中で漏らすのは、ひとりのときは興奮するけれど、ワイアットに見られるのがどうにも恥ずかしい。

けれどワイアットは雨音が下着を濡らすさまを愉しんでいるようだし、これがワイアットの欲情を煽《あお》り立てているのなら隠す必要はない……のだが。

（いつになったらこの気まずい感じに慣れるの⁉）

ぐるぐる考えていると、バスローブを脱ぎ捨てて一糸まとわぬ姿になったワイアットがのしかかってきた。

雨音の両脚を抱えて大きく広げ、交接の体勢を取る。

「ちょっと待って、パンツ脱ぐから！」

体を起こそうとするが、やんわりと押し返されてしまった。

「脱がなくても、このままできるんじゃないかな」

Tバックの細い布地を指でくいと引っ張られる。

露《あら》わになった蕾《つぼみ》に、ワイアットが「ほら、パンツを脱がなくてもできそうだ」と笑みを浮かべた。

「そ、それはまあそうだけど、世の中にはTバックをそういうふうに利用する人もいるんだろうけど、でも……っ」

「濡れてるのが気になるのか？」

図星を指され、雨音は体を起こした。

「Tバック穿いたままするのに異論はないよ。ゲイ向けのポルノではジョックストラップ穿いたまま挿入するのって定番だし。だけど濡れたままするのは抵抗あるから、ちょっと部屋に戻ってパンツ穿き替えてくる」

早口でまくし立てると、ワイアットが肩をすくめた。

「俺は気にしない」

「僕が気にするんだよ！」

「俺としては、セクシーな下着を穿いてきたのに早々に濡らしてしまって恥ずかしさに震えているきみに大いに欲望をかき立てられているんだが」

「は？　何それ」

キレ気味に言い返すと、ワイアットがくすくすと笑った。

「わざわざ穿き替える必要はないよ。穿き替えたってどうせまた濡らすんだし。ＳＤＧｓの観点から、洗濯物をいたずらに増やすのはどうかと思うね」

真面目ぶったワイアットのセリフに、雨音は唇を尖らせた。

「わかった。地球の温暖化を阻止するために、パンツは穿き替えない。脱げばいいだけの話だよね」

「きみと押し問答を続けるのは楽しいけど、そろそろ限界だ」

「うわっ！　あ、あんっ」

ベッドに押し倒され、Ｔバックでかろうじて隠れている蕾を指でくすぐられる。

そろそろ限界という言葉通り、ワイアットの牡の象徴は猛々《たけだけ》しく勃起して先走りを滴らせていた。

（あ……）

濡れた亀頭を押し当てられ、先ほどまでの威勢はどこへやら、全身からくたっと力が抜けて蕾が疼《うず》き始める。

早くワイアットが欲しい。あの大きく張り出した肉厚の雁《かり》で、気持ちいい場所をたくさん擦《こす》って欲しい――。

「ゴムつけたほうがいい？」

ワイアットの質問に、小さく首を横に振る。

コンドームは状況に応じてつけたりつけなかったりだが、今夜は体の中で熱い迸りを感じたかった。

「じゃあまずは中をよく濡らそう」

「あ、あん……っ」

先走りを塗りつけるように浅い部分をくちゅくちゅとかき混ぜられて、快感が広がっていく。

しばらく亀頭で媚肉《びにく》を弄《もてあそ》んだあと、ワイアットは雨音の蕾に先端を含ませたまま己の砲身を扱《しご》き始めた。

ワイアットが低く唸《うな》り、雨音の中に射精する。

浅い場所でぶちまけられ、蕾からどろりとした濃厚な液体が溢れ出すのがわかった。

「あっ、いっぱい零《こぼ》れちゃう……っ」

「ああ、前も後ろもびしょびしょだ。シーツに零れてるから、洗濯物が増えちまったな」

「もう、変なことばっかり言わないで！　あ、ああっ、あああ……！」

射精したばかりなのに、ワイアットの砲身が勢いを保ったまま中に押し入ってくる。

ワイアットが抜き差しするたび雨音の蕾はぬちゅぬちゅと淫らな水音を立て、ワイアットの精液が滴り落ちていくのがわかった。

（やだ、ほんとに前も後ろもびしょ濡れじゃん……っ）

Tバックのビキニブリーフを穿いたままセックスするというだけでも恥ずかしいのに、精液塗《まみ》れになっている。

破廉恥なセックスに、雨音は息も絶え絶えに喘いだ。

（ワイアットって結構変態じゃない!?）

その変態に、奥を突き上げられて嬌声を上げてしまう。この八ヶ月で雨音の体を知り尽くしたワイアットが、気持ちいい場所を絶妙な角度で擦り上げてきたのだ。

こうなったらもう何も考えられない。

「あ、またいくっ、出るっ、パンツ濡れちゃう、あ、あああっ！」

我を忘れて、雨音は淫らな行為に溺れていった——。

2

　下りのエスカレーターに乗って、雨音は吹き抜けの大きなロビーを見下ろした。

　平日の午後三時、ダウンタウンのショッピングモールは人が多すぎず少なすぎず、ちょうどいい感じに賑《にぎ》わっている。

　ここに来たのは久しぶりだ。服や化粧品はほとんどネット通販で買っているのだが、今日は限定品のスニーカーを買うためにわざわざバスを乗り継いでやってきた。

　欲しかったスニーカーは買えたし、セールになっていたシャツも買った。

（ほんとは化粧品もちょっと見たいんだけど）

　コスメショップの前をゆっくり歩きながら、新作のリップにちらりと視線を走らせる。

　ここはLAだし、今どき男性が店頭で化粧品を試したり買ったりすることを表だって咎《とが》める人はいない。けれど女装趣味をひた隠しにしている雨音にとって、対面で化粧品を買うのはやはりハードルが高い。どうしても現物を見たいときはフィオナにつき合ってもらっていたが、今日はひとりなので店内に足を踏み入れるのを躊躇《ちゅうちょ》してしまう。

（感じの悪い店員に当たったら最悪だし）

　まだフィオナと知り合う前、コスメショップで嫌な思いをしたことがある。マスカラやアイシャドウを持ってレジに行くと、若い女性店員に『贈りものですか？』と問われた。

『ええ、いえあの、妹に頼まれたのでプレゼント包装は結構です』

しどろもどろに言うと、店員は『妹さんに頼まれたんだ』とからかうようにくり返し、くすくす笑いながら商品を袋に入れてくれた。

あのときの店員の小馬鹿にしたような表情が忘れられない。雨音が男だからというだけでなく、アジア系の冴《さ》えないナードと見下していたのだろう。

不快な記憶を頭から追い出し、チェーンのコーヒーショップへ向かう。アイスアメリカーノを注文してカップを受け取り、壁際の空いた席に座って、雨音はほっと息をついた。

久々にショッピングモールを歩きまわって少し疲れてしまった。ネットショッピングに慣れていると、実店舗は視界に入る情報量が桁違いだし、他人の存在も気になってしまう。

(夕飯どうしよう。ワイアットは遅くなるって言ってたから、なんかスープ作っとこうかな。あとは簡単にサンドイッチでいっか)

せっかくだから美味しいパンを買って帰ろう……などと考えていると、隣の席でスマホに見入っていた若い女性三人組のひとりが突然「やだちょっと、マジで⁉」と声を上げた。

「何、どうしたの？」

「ジュリエットが近くのお店でインスタライブやってる！」

「ジュリエットって、あなたの好きなインフルエンサーの？」

「そう！　ねえ見に行こうよ！」

彼女たちの会話が嫌でも耳に入ってきて、雨音は軽く眉根を寄せた。

「わざわざ見に行かなくても、ここでコーヒー飲みながら見てればいいじゃん」

三人組のひとりが、今まさに雨音が思っている通りの意見を口にする。

「わかってないわね。画面越しに見るのと直《じか》に見るのとでは大違いなの。ファンですって直接伝えられるチャンスなんだよ。ああもう、あなたたちはここにいればいい。私はジュリエットに会いに行ってくる！」

ジュリエットのファンだという女性は、急いで荷物をまとめて店を飛び出していった。その勢いに釣られたのか、あとのふたりも飲みかけのコーヒーを手に彼女を追いかける。

彼女たちの後ろ姿を見送りながら、雨音はパーカーの紐を指で弄んだ。

（ファンですって直接伝えられるチャンス、か）

彼女の言葉が昨夜のワイアットの言葉と重なり、心をかすかに波立たせる。

『本当に断っていいのか？　読者と会う貴重なチャンスだろう？』

考え込むときの癖で無意識に奥歯を強く噛み締め……はっと我に返って雨音は口元の緊張を緩めた。

（僕は小説家で、インフルエンサーとは違うし）

読者だって、好きなロマンス作家が男だとわかったらがっかりするだろう。著書のヒロインのイメージで見ている人もいるので――実際ファンレターにそう書いている読者がいたのだ――イメージを壊さないよう、ラナ・カークの姿は〝ご想像にお任せ〟にしておいたほうがいい。

アイスアメリカーノを飲み干して、雨音はコーヒーショップをあとにした。サンドイッチ用のパンをどこで買うか考えながら、モールの通路をぶらぶらと歩く。

「……っ？」

レディースのブティックの前を通り過ぎた雨音は、思わず立ち止まって振り返った。

紺色の地に白の細かい幾何学模様の入った長袖のワンピース。襟元はボウタイで、クラシカルというかレトロというか、いかにもお堅い教師や司書が着ていそうな服だ。

（マデリンのイメージにぴったりだ！）

ロマンス小説の執筆の際、雨音はヒロインの服装を事細かに決めてから書いている。登場人物の服装や髪型を読むのもロマンス小説の楽しみのひとつなので、なるべく描写も入れるようにしている。

目立つことを嫌うマデリンは、ロングスカートやパンツに無難なブラウスを合わせることが多い。このワンピースは、マデリンがジェイクとの初めてのデートに着ていったワンピースのイメージそのものだ。ジェイクが内心この女性はかなりガードが堅そうだと感じた、露出が極めて少ない地味めのワンピース。

（てゆうかこのお店、マデリンのイメージの服多いじゃん）

雨音は甘々ガーリー系の服が好きなので、今までこのブランドの存在すら知らなかった。

ウィンドウの前に突っ立ってワンピースを眺めているうちに、やがて頭の中に突拍子もない考えが浮かび上がってくる。

――黒髪ロングのウィッグを被《かぶ》って眼鏡をかけ、こういう服を着たら、落ち着いた大人の女性に見えるのでは？　代役を立てるのではなく、自分が変装してサイン会に出るのはどうだろう――。

さりげなく、しかし内心どぎまぎしながら店内に足を踏み入れる。

水玉やストライプのブラウス、半袖のニットとカーディガンのアンサンブル、ロング丈のプリーツスカート……商品を眺めているうちにいつしかマデリンの気分になって、雨音はコーディネートを考え始めていた。

「いらっしゃいませ、何かお探しですか？」

スタッフに声をかけられ、はっと我に返る。

振り返ると、母親と同世代の女性店員がにこやかに微笑んでいた。

「……ええ、母へのプレゼントを探してるんですが。確か母がこのブランド好きだったなと思い出して。ウィンドウに飾ってあるあのワンピース、見せていただけますか？」

――三時間後。寝室の鏡の前に立って、雨音は自分の姿にうっとりと見入っていた。

紺色の地に白い幾何学模様の長袖のワンピース、黒髪ストレートのウィッグ、ダークブラウンのフレームの眼鏡。

ワンピースに合う靴も買いたかったのだが、荷物を増やしたくなくてネット通販で取り寄せることにした。ウィッグはメロディ時代に買ったものの出番がなく、オーバルタイプの眼鏡も普段の服装にいまいち合わなくてお蔵入りになっていたものだ。

「完璧じゃない？」

鏡に向かって小首を傾《かし》げ、笑みを浮かべる。

インスタ映え重視のメロディと違い、リアルな大人の女性という感じで、今すぐ外に出て通りを歩いても不自然ではないはずだ。

もともとアルトの柔らかな声質なので、小声で囁くようにしゃべれば違和感もないだろう。マデリンのような内気な女性になりきれば、あまりしゃべらずに済む。少し練習というか肩慣らしが必要だが、これなら一時間程度のサイン会を乗り切ることができるのではないか。

くるりとターンして、スカートの裾をはためかせる。

（これならワイアットも気づかないはず）

ワイアットの驚いた顔を想像して、雨音はにやりとほくそ笑んだ。

3

アスファルトにヒールの音が小気味よく響く。

自分の靴音にうっとりしながら、雨音は頰にかかった長い黒髪を後ろへ払った。

多大な緊張感とそれをはるかに上まわる高揚感で、胸がはち切れそうだ。内心の感情を表に出さぬよう、務めて平静を装いながら慎重に歩を進める。

人生で初めての、女装での外出。見慣れた風景がいつもと全然違って見えるのは、アンクルブーツのヒールのせいだろうか。初心者なので五センチのチャンキーヒールにしたのだが、それでも最初はバランスが取りづらくて何度かよろけてしまった。

いや、初心者というと語弊がある。女装歴はそれなりに長く、ヒールのある靴も初めてではない。インスタ映え重視の華奢《きゃしゃ》なミュールやサンダルの中にはヒールの高さが十センチ以上のものもあるが、室内で履くのと外を歩くのとでは大違いだ。

そしてもうひとつ、雨音には超えなくてはならないハードルがあった。

室内で密かに女装を愉しむのと、女性の姿になって玄関のドアから一歩踏み出すことの間には、途轍《とてつ》もなく高い山がそびえ立っている。

何度もドアスコープを覗いて人がいないことを確かめ、おずおずと廊下に出たところでエレベーターの到着音に驚いて部屋に引き返し、ドアを閉めて呼吸を整え、再びドアを開けるまでに結構な時間がかかってしまった。

それでもいざ歩き始めてみると、一歩進むごとに全身を覆っていた不安の皮膜がはらりはらりと落ちていくのがわかった。アパートのエントランスから外に出る頃には気持ちも落ち着き、不安定なヒールの歩き心地を楽しむ余裕も出てきた。

車道から吹き付けてきた風に、思わずスカートを手で押さえる。

咄嗟《とっさ》に出た仕草にしては上出来だ。スカートが風になびく感覚に、雨音はうっとりと酔いしれた。

（メロディのあの水色のサマードレスだったら最高なんだけどな）

さすがにメロディのときに着ていた甘々ガーリーな服で外出する勇気はない。

先日モールで買ったワンピースはサイン会用に取っておくことにして——まだサイン会に出ると決めたわけではないが——今日はライトグレーのアンサンブルにダークグレーのタータンチェックのロングスカート、首に寒色系のスカーフを巻いて、バッグとアンクルブーツは無難に黒にした。

華やかなカリフォルニアガール風でもなく、洗練されたキャリアウーマン風でもなく、個性的で尖ったタイプでもない。野暮ったくはないが洒落《しゃれ》てもいない、この絶妙に平凡なファッションこそ、マデリンのイメージそのものなのだ。

（もしサイン会に出るとしたらマデリンじゃなくてラナ・カークなわけだし、もうちょっとお洒落したほうがいいかな）

ネットで見かけた黒いラップドレスを買おうか考えているうちに、目的地を通り過ぎてしまった。急いで踵を返し、馴染《なじ》みのカフェの前に引き返す。

女装での外出初日のミッションは、行きつけのカフェ〈365〉でコーヒーを飲むこと。いきなり遠出するよりは、まずは近所で肩慣らしをしたほうがいい。スーパーに買い物に行くことも考えたが、カフェで優雅に脚を組んでラナ・カークになりきるほうが面白そうだと思ったのだ。

カフェの従業員は常連の雨音の顔を覚えている可能性が高い。彼らに女装を見破られるかどうか、試したい気持ちもあった。

見破られない自信はあるが、それでも店の前に立つと不安と緊張が込み上げてくる。

（ここで見破られたら、サイン会は無理ってことだ。何か言われて不愉快な思いをするかもしれないけど、そうなったらこの店に二度と来なけりゃいいだけの話だし？）

大きく肩で息をついてから、雨音はカフェのガラス扉を押し開けた。

カウンターにいた女性が振り返り、「こんにちは」とにっこりと微笑む。

雨音がこの店に通い始めたときからいるスタッフだ。オーダーのやりとり以上の言葉をかわしたことはないが、雨音がコーヒーに砂糖とミルクを入れないことを把握しているので顔は覚えているはず。

一歩一歩踏みしめるようにしてカウンターに近づき、雨音は初めて来た客のようにメニューを見上げた。

「ええと……ソイラテ、アイス、Mサイズで」

何度も練習したとおり、小声で囁くように告げる。この店ではたいていアメリカーノかエスプレッソをオーダーするので、敢《あ》えて頼んだことのないドリンクにすることも忘れずに。

支払いを終えると、雨音はちらりと店内に視線を向けた。

窓際のカウンターが十席、テーブルが大小合わせて十二卓、この辺りでは結構広い部類に入る店で、今は半分ほど席が埋まっている。

ほとんどが独り客だが、近くのテーブルで若い女性が三人、おしゃべりに花を咲かせていた。奥の壁際のテーブルでは、四十前後の男女が何やら深刻そうな表情で話し込んでいる。

雨音に怪訝《けげん》そうな視線を向ける人はひとりもいなかった。単に気づいていないだけかもしれないが、人というのは異質な存在を見逃さないものだ。

「お待たせしました、ソイラテのアイス、Mサイズです」

「ありがとう」

礼を言ってカップを受け取り、躓《つまず》かないよう普段の半分の歩幅でゆっくりと壁際の空席へ向かう。席についてカップを置くと、雨音は詰めていた息をそっと吐き出した。

（ここまで順調じゃない？）

ちらりとカウンターを見やると、先ほどの女性スタッフはこちらに背を向けて資材の補充をしていた。怪しまれた様子はないので、第一ミッションは成功と言っていいだろう。

達成感と高揚感を味わいつつ、さりげなく脚を組む。

この〝さりげなく〟が重要なポイントだ。女装愛好家は女性らしく見える仕草を好むが、大袈裟にやりすぎていかにも女性を演じているように見えることが多々ある。雨音もメロディのときは上目遣いや小首を傾げる等々あざとい仕草はお手のものだったが、現実の世界では過剰な〝女性らしさアピール〟はやめておいたほうが賢明だ。

ソイラテのカップを手にしたところで、バッグの中でスマホのバイブ音が低く唸る。カップを置いてスマホを取り出すと、電話はワイアットからだった。

「もしもし？」

声を潜めて応答する。

『俺だ。例の事件で手伝いを頼みたいんだが、今日の予定は？』

「いいよ。署に行けばいい？」

『ちょうどアパートの近くに来てるから迎えに行くよ』

「今近所のカフェにいるから……」

アパートに戻ると言いかけたところで、ワイアットが『ああ、あの角の店か』と被せてくる。

『じゃあそっちに迎えに行く。五分後に』

「えっ？　いやあの」

通話は既に切れていた。ワイアットにかけ直そうとしたところで、思い直してスマホをバッグにしまう。

これはワイアットを驚かせるチャンスではなかろうか。これだけ別人級に変身していたら、さすがのワイアットも気づかないだろう。

優雅な仕草でソイラテを飲みつつ、雨音は内心ほくそ笑んだ。

ワイアットには女装姿を披露するのが気恥ずかしくてなかなかできずにいるのだが、おそらく原因はメロディが非現実的なプリンセス路線だからだ。メイクやファッションが甘々ガーリー系なだけで、決してプリンセス願望があるわけではない。しかしそれを説明すればするほど嘘っぽくなるし、もしかしたら心の深層にプリンセス願望があるのかも……などと考え始めると恥ずかしくて叫び出したくなり、いつもそこで思考停止してしまう。

その点、今日の女装は現実的な大人の女性——しかも地味めなので、メロディのときほど後ろめたさを感じない。加えて、サイン会の予行演習という立派な口実まである。

そわそわした気分で店の入り口にちらちらと視線を向け、いや、これでは態度で見破られてしまうと姿勢を正す。周囲の独り客と同じようにスマホに見入っているふりをすることにして、雨音は脚を組み直した。

適当に開いたニュースアプリを流し読みしていると、入り口のドアが開く音が耳に入る。

俯《うつむ》いてスマホから目を離さず、内心どきどきしつつ耳を澄ませていると、聞き慣れた大股の足音が近づいてきた。

「やあ眼鏡ちゃん、今日はちょっと雰囲気が違うな」

向かいの席にどさりと掛けて、ワイアットが笑みを浮かべる。

予想外の展開に、雨音は取り繕うことも忘れて視線を左右に泳がせた。

「……なんでわかったの？」

「そりゃわかるさ」

事もなげに言われ、先ほどまでの自信が急速に萎《しぼ》んでいく。

「ばれない自信あったんだけど……ぱっと見で男だってわかる？」

声を潜めて尋ねると、ワイアットが得意げな表情で腕を組んだ。

「いいや。俺以外は見抜けないと思う。だけど俺にはわかるよ」

「……っ」

ワイアットの言葉に、かあっと頬が熱くなる。

ワイアット的には、さほど深い意味はないのかもしれない。けれど、きみは俺の特別な存在だから、と言われているようで――。

「で、この大幅なイメージチェンジはどういう心境の変化だ？」

ワイアットに問われ、雨音は両手でカップを弄びながら口を開いた。

「実は……ちょっと思ったんだ。サイン会、替え玉じゃなくて僕がラナ・カークに変装するのはどうだろうって。メロディはいかにもコスプレだったけど、僕が書いてるヒロインみたいなイメージで普通っぽい服装なら不自然じゃないでしょう？　サイン会は二言三言話すくらいで短時間しか接触しないし」

「なるほど、それいいかもな。他人に替え玉頼むのはリスクがあるし、きみなら絶対男だってばれない。読者と会う貴重な機会を無駄にせずに済む」

「一瞬で見抜いた人に言われても説得力ないんだけど」

「だから言っただろう、俺は特別だ。俺以外の人間はまず気づかないから安心しろ」

「………」

そう言われても、失った自信を取り戻すには少し時間が必要だ。ラナ・カークなりきり作戦は、本当にワイアット以外の人には男だとばれないのか、じっくり検証してから決めたほうがいいだろう。

「で、どうする？　このまま署に行く？」

「まさか。いったんうちに帰ってメイク落として着替えてくる」

「だよな。昼飯まだだから、ここで何か買っていこう。きみは？」

言いながらワイアットが席を立つ。雨音もスマホをバッグにしまって、カップに残っていた

ソイラテを飲み干した。

「僕はもう食べた。あ、うちに豆のサラダがあるから、よかったら食べて」

「いいね。サンドイッチはどれがお勧め？」

「あっさり系ならローストチキン、がっつり系ならチーズステーキ」

小声でぼそぼそしゃべりながら、ワイアットと並んでカウンターへ向かう。先ほどの女性スタッフが、ワイアットに視線を向けて眩しげに目を瞬かせるのがわかった。

「チーズステーキってフィラデルフィア名物の？」

「そう。かなりボリュームがあるから僕は二回に分けて食べた。あなたもひとつで充分だと思う」

「じゃあそれにしよう。すみません、テイクアウトでチーズステーキサンドをひとつ、それとコーヒーのLも」

「……あ、はい」

ワイアットに見とれていた女性スタッフが、慌てたように注文をレジに打ち込んでいく。

どうやらワイアットは彼女の心を鷲掴《わしづか》みにしてしまったらしい。胸の奥のざわめきを抑え込んで、雨音はカップをゴミ箱に捨てにいった。

（あ、新作のマフィンが出てる）

ついでにガラスのケースに並んだ焼き菓子を眺めていると、隣にやってきたワイアットにさりげなく腰を抱き寄せられる。

「多分夜までかかるから、何か持って行ったほうがいいかも。きみは休憩室のドーナツや自販機のスナックは食べないだろ？」

普段は人前でこういったあからさまなスキンシップはしないのに――雨音が人前でいちゃつくことにまだ抵抗があるので――女性の姿ならいいと思ったのだろうか。

いつもだったらやんわり手をどけるところだが、スタッフの女性の視線を感じて雨音はぎこちなくその場に立ち尽くした。

「じゃあ……ほうれん草のマフィンとジンジャークッキーをひとつずつ、テイクアウトで」

スタッフの女性に告げたところで、ワイアットがすかさず「会計はさっきの注文と一緒に」と言い添える。

「おごってくれるの？　ありがと」

「どういたしまして。これくらいはお安いご用だ」

言いながら、ワイアットが雨音の腰をそろりと撫《な》で下ろす。

さすがにこれ以上好き勝手させるわけにはいかない。ワイアットの腕からするりと抜け出し、雨音は「ちょっと、いちゃいちゃしすぎじゃない？」と小声で抗議した。

「普段は外ではいちゃつかせてもらえないからな」

「人前でいちゃつきたいの？」

「ときどきね」

ワイアットが答えたところで、女性スタッフがカウンターからサンドイッチと焼き菓子、コーヒーの入った紙袋を差し出した。

「お待たせしました、チーズステーキサンドとコーヒーのL、ほうれん草のマフィン、ジンジャークッキーです」

「ありがとう」

作り笑顔で受け取ったワイアットが、さりげなく雨音の手を握る。

驚いて反射的に振り解《ほど》こうとした衝動をなんとか抑え、雨音はしばし公共の場でのカップルらしい行動を楽しむことにした。


涼やかなベルの音とともに、エレベーターの扉が開く。

ラナ・カークからいつもの姿に戻った雨音は、ワイアットに続いてロサンゼルス市警察の強盗殺人課のフロアに降り立った。

「こんにちは」

廊下で強盗殺人課のキャプテン、ボニー・ラファロ主任警部と鉢合わせし、ぺこっと日本風に会釈する。

「来てくれたの？　助かるわ」

「ええ、情報分析室お借りします」

　ＬＡＰＤではＩＴ関連に強い捜査官は常に不足状態だ。昨今の事件捜査にスマホやパソコンの解析は必須だし、ネットを介した犯罪も飛躍的に増えている。それでもここ二週間ほどは人手が足りていたようだが、指名手配中の凶悪犯の目撃情報があったとかで、皆そちらの捜査に駆り出されたらしい。

「ホーソーンの被害者のパソコン分析ね。ケンプ、あとで進捗状況を報告してちょうだい」

「了解です」

　ラファロが頷き、つかつかとエレベーターへ向かう。

　彼女の後ろ姿を見送って、雨音は詰めていた息をそっと吐き出した。

　――ラファロは雨音とワイアットの関係を知っている。同じアパートに引っ越して向かい同士になった時点で、ワイアットが律儀に報告したのだ。

　刑事が事件関係者や情報屋と個人的な関係を持つことは禁じられているが、雨音は外部コンサルト扱いなので交際に支障はない。厳密に言うとワイアットとは事件関係者として出会ったのだが、事件が解決していること、事件解決後につき合い始めたということで、お咎めはなかったそうだ。

　ただし、ふたりの関係は公にしないようワイアットに強く念を押した。まだ周囲にカミングアウトする心の準備ができていないし、ワイアットの仕事に影響を及ぼしそうで、それが何より怖いのだ。LAPDは職員の性的指向を問わないし、同性愛者であることをカミングアウトしている職員もいるとも聞いているが……。

「ケンプ刑事、レベッカの元彼のアリバイ、裏付けが取れました」

ワイアットが強盗殺人課のスペースに足を踏み入れるなり、同じ捜査班のハリッシュ・シャルマが立ち上がって声を上げた。

「あ、雨音さんも一緒だったんですね」

ワイアットの背後にすっぽり隠れていた雨音に気づいて、シャルマが人懐っこい笑みを浮かべる。ここには週一回のペースで来ているので、シャルマを始めワイアットのチームの面々とはすっかり顔馴染みだ。

「ええ、手伝いに呼ばれて」

ぎこちなく笑みを作り、情報分析室へ急ぐ。

ラファロ以外にワイアットと雨音の関係を知る者はいない。ラファロは口が堅く、ふたりの関係を言いふらしたりしないのもわかっている。

が、ワイアットが皆の前で親しげな態度を取ることがあり――ワイアット的には節度のある態度らしいが――皆も薄々勘づいている気がする。今どき無遠慮に「きみたちつき合ってるの？」などと尋ねる者はいないし、見て見ぬふりしてくれているのならそれでいいのだが。

（陰でなんか言われてるのかもしれないけど、別に悪いことしてるわけじゃないし？）

情報分析室のドアを開け、ショルダーバッグを下ろして机に置く。椅子に掛けたところで、ワイアットが電話で誰かと話しながら室内に入ってきた。

「ああ、元彼のアリバイは確かだった。雨音に来てもらったから、パソコンから何か情報が得られることを願ってるよ。そっちはどうなってる？」

電話の相手──漏れ聞こえてきた声から察するに、おそらくジャック・ルッソだ──と捜査状況について二、三言葉を交わしてから、ワイアットがこちらに向き直る。

「職場のパソコンは分析が終わってて、特に事件に繋《つな》がるような手がかりなし。私物のノートパソコンはパスワードが手強くてまったくの手つかずなんだ」

「これ？」

「そう。メールのやり取りとSNSを見たいから、パスワード突破できたら呼んでくれ」

「……っ」

さりげなく肩に触れられ、どきりとする。思わず振り返ると、ワイアットは大股で情報分析室から立ち去っていくところだった。

（忙しそうだな）

忙しいのはいつものことだが、臨時のリーダー役でいつにも増して忙しいのだろう。

バッグから自前のノートパソコンを取り出して起動させ、雨音はパスワードの解析に取りかかった。

パスワードの解析や解除はホワイトハッカーだった頃からわりと得意だったが、犯罪の証拠品を扱う場合、データを破壊しないように細心の注意を払って取り組む必要がある。

しばし作業に没頭し、ドアをノックする音で我に返る。ワイアットかと思ったが、ドアを開けたのはシャルマだった。

「雨音さん、これ、被害者の職場のパソコンの分析結果です。被害者は仕事とプライベートをきっちり分けてたみたいで、職場のパソコンの私的利用は皆無でした」

「ありがとう」

腰を浮かせてファイルを受け取る。

チーム最年少のシャルマは礼儀正しい好青年で、雨音も彼にはいい印象を持っている。けれどワイアットとの関係を詮索されたくないと思うあまり、チームのメンバーにはよそよそしい態度を取ってしまいがちだ。余計なことを考えずにビジネスライクに接すればいいのだが、自分にそんな器用な真似《まね》ができるはずもない。

「あの、クレリック警部補が入院したそうだけど、大丈夫なの？」

部屋から出て行こうとしたシャルマに、雨音はさりげなく問いかけた。

「ええ、もう退院して自宅で療養中です。復帰は一ヶ月くらい先になりそうですけど」

「クレリック警部補が戻ってくるまで、ワイアットが捜査班の指揮を執ってるんだってね」

「そうです。強盗殺人課に長くいるのはケンプ刑事ですからね。前々からクレリック警部補の不在時はケンプ刑事が指揮を執ることが多かったですし」

「ふうん……じゃあ問題なく回ってる感じ？」

ルッソとの衝突がその後どうなったか知りたくて、さりげなく探りを入れる。

雨音の質問に、シャルマが眉根を寄せながらそっとドアを閉めた。

「ルッソ刑事とやり合った件、聞いたんですか？」

「え？　ああ……ちらっと聞いただけだけど」

「ここだけの話、あれはルッソ刑事が悪いですよ。臨時でもリーダーなんだから、ケンプ刑事に敬意を払うべきですね」

シャルマの言葉に不安になり、雨音は重ねて尋ねた。

「ふたりの対立は深刻なの？」

「いえ、そういうわけじゃないんです。ふたりとも年齢が近くて、海軍出身とＳＷＡＴ出身で腕が立つし仕事ができるでしょう。ケンプ刑事は飄々《ひょうひょう》としてますけど、ルッソ刑事はライバル心を隠さない、ってところですね。ホークス刑事に窘《たしな》められて反省したのか、あれ以来ふたりが感情的になったことはないです」

ちらっと後ろを振り返ってから、シャルマが続ける。

「まあ警察組織って血の気が多い人間が多いですからね。誰かが言い争うたびにビクビクしてたけどもう慣れました。捜査方針を巡ってクレリック警部補とラファロ警部も何度も衝突してますし、穏健派のケンプ刑事だってチームのメンバーを危険に晒すようなミスをしたらめっちゃ怖いですよ。でもそれでぎくしゃくするってことはなくて、言いたいことを我慢せずに言って、お互い引きずらないって感じで」

「そうなんだ……」

初めて聞くワイアットの一面に、心がざわめいてしまう。

ざわめきの原因が〝恋人の自分が知らないワイアットをシャルマは知っている〟という嫉妬めいた感情であることに気づき、雨音は顔をしかめた。

「おっと、いけない。しゃべりすぎるのが僕の悪いところです。今の話はオフレコで」

シャルマが口にチャックをするジェスチャーをして、くるりと踵を返す。

「ファイルありがとう」

礼を言って、雨音はパソコンに向き直った。

モニターの文字列を追いつつ、頭の中は今聞いた話でいっぱいだった。

ルッソがワイアットをライバル視しているなんて、全然知らなかった。週に何度か手伝いに来る程度なので知らなくて当然なのかもしれないが、自分にもう少し人間観察力が備わっていれば気づいたのではないか。

知ったところで、自分に何かできるわけではないが……。

（いつも以上に頑張って捜査に貢献しよう。これまでも手を抜いていたわけじゃないけど、ワイアットが責任者の事件でしくじるわけにはいかないじゃん）

ルッソをはじめチームのメンバーに、やはりワイアットが臨時リーダーにふさわしかったと思って欲しい。雨音が捜査に協力しているのは主に小説の取材のためであって、ワイアットの職場での評価を上げようなどと考えたこともなかったが、シャルマの話を聞いて俄然《がぜん》やる気が湧いてきた。

パスワードの解除にもう少し時間がかかりそうなので、シャルマから手渡されたファイルを開く。

レベッカ・ライト、三十四歳、独身。カトリック系の私立高校の歴史教師。職場のパソコンの中身は授業計画やテスト問題、生徒のレポート等々、仕事に関するものばかりで、メールアドレスも職場用と私用をきっちり分けていたようだ。

（ここまで慎重にやってたってことは、プライベートにとんでもない秘密を抱えてたとか？）

そんなふうに考えてしまうのは、自分が秘密の多い人間だからだろうか。眉根を寄せつつファイルに目を通していると、パスワードの解析が終わってモニターに十桁の英数字が映し出された。

被害者のノートパソコンを開いて英数字を入力する。パソコンが無事起動したので、雨音はひとまずほっと胸を撫で下ろした。

ワイアットに『パスワード突破』とテキストを送信し、メールソフトを開いてざっと目を通す。フェイスブックとインスタグラムのアカウントを特定したところで、ワイアットが現れた。

「さすが、仕事が早いな」

言いながら、雨音の隣にどさりと腰を下ろす。

「まあね。フェイスブックは五年前から更新なしで放置、インスタのアカウントは閲覧用で、自分ではほとんど投稿してないみたい。何が知りたい？　まずは被害者の交友関係？」

雨音の質問に、ワイアットが頷いた。

「犯人は男性でほぼ間違いない。通り魔か怨恨かまだ不明だが、ここ一年LAで類似の事件がないから無差別ではなくレベッカを狙ったと考えてる」

「つき合ってる人はいたの？」

「一年ほど交際していた男と二ヶ月前に別れてる。親友曰《いわ》くカジュアルな関係だったそうで、揉《も》めることなくすんなり関係を解消したそうだ。念のため調べたが、元彼には完璧なアリバイがあって裏も取れている。聞き込みした限りでは新しい恋人ができたという話はなし」

「ふうん……カジュアルな関係ね」

ぼそっと呟《つぶや》いて、インターネットの閲覧履歴をスクロールする。思った通り、カジュアルな関係を好む人々がよく使うサイトが履歴に残っていた。

「レベッカは複数の出会い系サイトを見てる。いちばん閲覧回数が多いのはここかな」

サイトはログインしたままになっており、レベッカのプロフィールページが現れる。

ダークブラウンの瞳、肩までのミディアムボブ、取り立てて美人というほどでもなく、かといって不器量でもない。下手なメイクのせいでどこか垢抜《あかぬ》けない印象だが、案外こういうタイプがもてたりするものだ。

「コメントのやり取りを見せてくれ」

「どうぞ」

ワイアットに席を譲り、自前のノートパソコンでレベッカのアカウントにログインする。

「彼氏と別れたのが二ヶ月前って言ったよね。あー……サイトの登録日は五ヶ月前だ」

「別れる前から次の相手を物色してたってことか」

よくあることなのだろうが、こうして目の当たりにするとげんなりしてしまう。頬杖《ほおづえ》をつき、雨音は深々とため息をついた。

「カトリック系の高校の教師ってお堅いイメージだったんだけど。まあそれも勝手な思い込みなんだけどさ」

ふいにワイアットが、モニターから顔を上げて振り返った。

「何？」

「そうだ、きみに訊きたいと思ってたんだ。事件に関係あるかどうかわからないんだが」

「レベッカの服装。ちょっと失礼」

立ち上がって情報分析室をあとにしたワイアットが、タブレットを手に戻ってくる。

「これが事件当時着ていた服。ああ、現場の写真じゃないから安心して見てくれ。まったく同じコーディネートの写真があったんだ」

差し出されたタブレットを、雨音はおそるおそる受け取った。

写真は校内の何かのイベントで生徒たちと撮ったものだった。紺色のブレザーに白いブラウス、茶系統のチェックのパンツ、黒いパンプス。

オーソドックスな組み合わせだが、ひとつひとつのアイテムがどことなく古くさい。雨音だったらこのブレザーにこのブラウスを合わせようとは思わないし、パンツの丈も微妙だ。

「三十四歳にしては地味だね。LAっぽくないというか」

感想を述べると、ワイアットが軽く眉をそびやかした。

「遠慮せずはっきり言ってくれ。テレビ番組の司会者の服装をこき下ろすときの切れの良さはどこへ行った？」

「こき下ろしてるわけじゃないよ。まあ、あの司会者の衣装はあり得ないと思うけど」

「ファッションに一家言あるきみの意見を聞きたいんだ。その服だけじゃなく他の写真も見て欲しい」

画面をスクロールして、雨音は写真の服装をチェックした。

お堅い教師風ファッションというジャンルがあるとしたら、まさにこれという気がする。図ものばかりだ。

書館司書のマデリンと通じるものもあるが、色やデザインはマデリンが絶対に選びそうにない
「レベッカはLA出身？」

「いや、アイダホだ。地元の大学を卒業して博物館の学芸員になり、二十八歳のときにリストラされてる。州内の公立高校の教師を経て、三十歳で今の職場に就職」

「LAっぽくない理由がよくわかったよ。カトリック系の学校だから服装の規定とかあるのかなと思ったんだけど、写真を見るとプライベートでも垢抜けないから、これはもうレベッカ本人のセンスだろうね」

「やはりそうか。俺も現場で見たとき、LA在住の三十代の女性にしては地味な服装だなと思ったんだ。これが事件と関係あるかどうかわからないが、被害者の特徴というのは結構手がかりになることが多い」

「LAってモデルや女優やその予備軍がわんさかいるから、レベッカみたいなタイプに安らぎを感じる人もいるかもね。ファッション好きの僕でも、全身キメキメの一軍女子が放つ強烈なオーラにぐったりすることがあるし」

「俺は全身キメキメのきみと部屋着の完全オフ状態のきみのギャップを愉しんでる」

ワイアットのふざけたセリフに、雨音は眉をつり上げた。

「は？　職場でそういうこと言わないでよ」

ワイアットが肩をすくめ、「誰も見てない」と声を出さずに口を動かす。

「そういう気の緩みが致命傷になるんだってば」

「別に悪いことしてるわけじゃない。刑事が外部コンサルタントと和気藹々《わきあいあい》と仕事をしているってだけだ」

くるりと椅子を回転させ、雨音はワイアットに向き直った。

「余計な波風を立てたくないんだよ。今は特にね。仕事とプライベートはきっちり分けて、ここではお互いビジネスライクに」

言い終わらないうちにノックの音がして、雨音は弾《はじ》かれたように椅子を引いてワイアットから距離を取った。

ドアを開けたのは同じチームのローラ・ホークスだった。

百戦錬磨の彼女は表情を変えなかったが、その訓練された無表情ぶりがかえって雨音を不安に陥れる。自分とワイアットの関係が、チームの皆に気を遣わせているのではないか、と。

「ケンプ、先月の立てこもり事件のことで検事が来てる」

「ああ、今行く。雨音、レベッカがマッチングアプリで連絡を取った相手とデートした相手のリストを作ってくれ」

「了解」

ワイアットが出て行き、情報分析室がしんと静まりかえる。詰めていた息をふっと吐き出して、雨音は椅子の背にもたれた。

ワイアットの軽口に目くじらを立てたのには理由がある。

自分との関係がワイアットの出世の妨げになるのではないかという懸念が拭えないのだ。

ＬＡＰＤは職員の性的指向を問わず、雇用や昇進にも影響はないと明言している。しかし上の世代にはまだまだ古い価値観を持つ人が多いので、額面通りには受け取れない。

（僕の考えすぎなのかもしれないけど）

そもそもワイアットが出世を望んでいるのかとか、定年までＬＡＰＤで働きたいと思っているのかどうかとか、自分は知らない。

尋ねれば、ワイアットは答えてくれるだろう。だが半年先や一年先の予定ならまだしも、将来のことを尋ねるのは正直まだ怖かった。

（なんか結婚とかそういうのを意識してるように聞こえたら嫌だし）

ワイアットとは、できれば長くつき合っていきたいと思っている。結婚という形にはこだわらないが、人生のパートナーになれたら——と。

けれどそんなことを口にしたら、負担に思われるに決まっている。第一つき合い始めて一年未満だし、一緒に住むことができるかどうかさえ怪しいというのに。

（あー、またぐちゃぐちゃ考えてる。僕の悪い癖だ）

軽く頭を振って、答えの出ない不毛な思考を追い出す。

今は余計なことを考えまいと、雨音はさっそくリスト作りに取りかかった。

マットレスを揺らさないように、そっとベッドから下りる。

薄暗い室内を見まわし、マデリンは床に落ちている服を拾った。

「帰るのか？」

ブラウスのボタンを留めようとしたところで、ジェイクに声をかけられどきりとする。

「ええ、もう遅いし」

「泊まっていけばいい」

さらりと告げられ、マデリンは目を見開いた。

「だけど、あなた明日の朝早いんでしょう？」

「ああ、だからちょっと早起きして、ダイナーで一緒に朝食をとるのはどうかな」

ダイナーで朝食ですって？

思いがけない提案に、マデリンは目をぱちくりさせた。

ジェイクはこの町のすべての住人に顔を知られている。朝ジェイクと一緒にダイナーへ行ったら、ランチの時間には町じゅうの人たちの知るところとなるだろう。

ジェイクだってそんなことは重々承知のはず……。私との関係を訊かれたら、どう答えるつもりなの？

パトカーのサイレンの音に、夢中でキーボードを打っていた雨音ははっと我に返った。

モニターの隅に表示された時刻は、まもなく二十一時になろうとしている。

（さすがに目が疲れてきたな）

書きかけの小説を保存してパソコンの電源を落とし、雨音は休憩室へ向かった。

捜査というものは、時間と労力を割いても収穫がない場合も多い。パソコンを隅から隅まで調べて何も出てこなかった場合はどっと疲れるが、幸い今日は徒労感を味わわずに済んだ。

レベッカが連絡を取り合っていたアカウント、デートの約束をしていたアカウントをリストアップし、個人を特定するスキルを発揮して全員の身元を割り出したのだ。

レベッカは事件当日、看護師の男性とデートの約束をしていた。ワイアットとシャルマが勤務先の病院に話を聞きに行ったのが四時間ほど前のこと。

戻りは何時になるかわからないので先に帰っていいと言われたのだが、ラッシュ時のバスに乗るのが嫌で、小説を書きつつワイアットの帰りを待つことにした。

（別にワイアットと一緒に帰りたいからってわけじゃなくて、車で一緒に帰ったほうが合理的だし。途中で外食かテイクアウトするだろうし）

無人の休憩室に足を踏み入れ、盛大に顔をしかめてダスターでテーブルを拭いていく。

潔癖症をからかわれるのが嫌で最初の頃は我慢していたのだが、幸いここで働く職員は雨音の偏執的な行動についてとやかく言うほど野暮でも暇でもない。

すべてのテーブルを拭き終え、コーヒーマシンの水を入れ替えてコーヒーを淹《い》れたところで、ガラス越しにワイアットとシャルマがエレベーターから降り立つのが見えた。

件《くだん》の看護師を連行してないということは、彼はシロだったのか、あるいは逃亡中か。

強盗殺人課の方向へ向かいかけたワイアットが、雨音に気づいて小さく手を振ってみせる。

(職場でそういう親しげな態度はやめろって言ってるのに)

気づかぬふりで無表情を決め込んでいると、休憩室の扉を開けたワイアットがにやりと笑った。

「気安く手を振るなって言いたいんだろ?」

「ちゃんとわかってんじゃん」

「世の中の人たちは手を振ったくらいで〝あのふたりつき合ってる!〟って思わないさ」

軽口を叩きながら、ワイアットが冷蔵庫からミネラルウォーターのボトルを取り出す。

豪快に水を呷《あお》るワイアットの背中に、雨音は「空振りだったの?」と小声で尋ねた。

「いや、収穫はあった。看護師は確かにレベッカとデートの約束をしていた。が、当日急な手術が入って行けなかったそうだ。電話やメールをする暇もないほどの緊急事態で、手術が終わってから電話したが繋がらず、ドタキャンに怒って無視しているのだろうと思っていた、と」

「てことは、アリバイも完璧だね」

「ああ、殺害時刻にはオペの真っ最中だった。けど進展もあって、待ち合わせをしていたカフェのウェイターがレベッカのことを覚えていた。待ちぼうけを食らった彼女は三十分で退店、当日の防犯カメラを見せてもらったが、ひとりで店を出る姿が映っていた」

「その後まっすぐ帰宅しようとした？」

「いや、カフェを出てから死亡推定時刻まで二時間ほどある。どこかに寄り道したんだろうが、立ち寄り先は不明」

「マッチングアプリのやりとりはないから、出会いを求めてバーとかに行ったんじゃない？」

「カフェ周辺のバーや飲食店に聞き込みをしたが、目撃情報なしだ。防犯カメラの映像を虱《しらみ》潰《つぶ》しに当たるしかない」

「手伝うよ。だけど明日以降でいいかな」

「ああ、俺もそろそろ電池切れだ。ラファロに報告して今日はもう店仕舞いにしよう」

ペットボトルをゴミ箱に突っ込んで、ワイアットが休憩室をあとにする。

雨音もコーヒーを飲み干し、急いで帰り支度に取りかかった。

4

タクシーの窓から、穏やかな日差しに包まれた風景をぼんやりと眺める。

渋滞にさしかかったところで、雨音《あまね》はシートにもたれてそっと瞼《まぶた》を閉じた。

LAの渋滞はいつものことだし、時間にかなり余裕を持たせているのでその点は心配ない。

というか、他に心配事がありすぎて、いつもは苛々《いらいら》させられる渋滞にまで気がまわらなかった。

（うう……緊張で内臓が捩《よじ》れそう）

――まだまだ先だと思っていたサイン会の当日が来てしまった。

気持ちを落ち着かせようと、浅い呼吸を繰り返す。

黒髪のロングヘアのウィッグ、ダークブラウンのオーバルタイプの眼鏡、紺色に白い幾何学模様のクラシカルなワンピース、七センチヒールの黒いブーツ。下着を含めて何度も試着したし、ブーツも足に馴染《なじ》ませるためにここ数日家でずっと履いていたので万全だ。

メイクは敢《あ》えて濃いめに、マスカラとアイシャドウをたっぷり乗せた。厚化粧は実年齢より老けて見えるのでメロディのときには避けていたのだが、ラナ・カークは三十代半ばの設定なので、これくらいでちょうどいい。

初めて女装姿で外出した日から二週間。その後も何度か近所のカフェや食料品店に出かけ、先週末にはワイアットと一緒に日系スーパーへ買い出しにも行った。

自分が知る限り怪訝《けげん》そうな目つきで見られたことはないし、何より自信になったのはポーラが太鼓判を押してくれたことだ。

女装してラナ・カークとしてサイン会をやりたい、とポーラに切り出すのはかなり勇気が必要だった。

ポーラとはデビュー前からのつき合いで、編集者として信頼を寄せているものの、プライベートの話はほとんどしたことがない。ゲイであること、同性の恋人がいること、女装癖があってインスタの女装男子カテゴリでちょっとした有名人だったこと等々いっさい話していないので、女装してサイン会したいと打ち明けるまでにかなりの葛藤があった。

最終的に、雨音はポーラの反応を見てサイン会をするかどうか決めることにした。

ワイアットは「絶対ばれない」と言うが、恋人の贔屓目《ひいきめ》は当てにならない。その点、ポーラは冷静かつ客観的視点を持っており、正直な意見を述べてくれるだろうと考えたのだ。

サイン会をやりたいと思っていること、事前に打ち合わせをしたい旨を伝えると、ポーラはさっそく時間を作ってくれた。

約束の日、雨音は女装して出版社に赴いた。心臓が口から飛び出しそうな気分だったが、どうにか平静を装ってロビーのソファで待っていると、ポーラがいつものせかせかした足取りで現れるのが目の端に入った。

ポーラは気づくだろうか。雑誌を読むふりをしながら、雨音はポーラの表情を窺《うかが》った。

ロビーを見まわしたポーラは怪訝そうな表情を浮かべ、くるりと踵《きびす》を返してエレベーターホールへ戻ろうとした。

『あの、ポーラ・ビンガムさん?』

ポーラの背中を追いかけて囁《ささや》きかけると、ポーラが驚いたように振り返った。

『ええ、そうですけど』

『約束していたラナ・カークです』

雨音の言葉に、ポーラはきょとんとしてしばし固まった。数秒後、事情を把握したというように笑みを浮かべ、こう言ったのだ。

『あなたがサイン会用の代役ね。雨音は? 一緒じゃないの?』

――目の前の女性が雨音本人だと知ったときのポーラの顔は、一生忘れることができないだろう。驚愕《きょうがく》に目を見開き、『嘘《うそ》でしょう?』と繰り返しながら雨音の顔を見つめ……。

幸いポーラは雨音の女装についてあれこれ詮索するほど野暮ではなかった。

『完璧だわ。替え玉のリスクもないし、読者はあなたの書くヒロインそのもののラナ・カークに会えて満足できる。あなたも読者に会えるチャンスをふいにしなくて済むしね』

ゆっくりと瞼を持ち上げ、雨音は窓の外に視線を向けた。

大丈夫、絶対にばれない。ポーラでさえ気づかなかったんだから、誰も男だなんて気づかないはず。

催眠術をかけるように自分に言い聞かせるが、果たしてこの選択は正しかったのだろうかと自問自答せずにいられなかった。

今ならまだ引き返せる。バッグからスマホを取り出してポーラに電話をかけ、体調不良で行けなくなったと伝えればいい。ラナ・カーク目当てに会場にやってきた客はがっかりするだろうが、急病なら仕方ないと諦めてくれるだろう。

迷いつつバッグからスマホを取り出したそのとき、タクシーが急停車した。

「――!?」

驚いて体を起こすと、運転手が窓を開けて大声で悪態をついている。どうやらウィンカーなしで割り込もうとした車のせいで急ブレーキを踏む羽目になったらしい。

「お客さん、大丈夫？」

運転手に尋ねられ、「ええ、大丈夫です」と笑みを作る。

「まったく、俺が咄嗟《とっさ》にブレーキ踏んだからよかったけど、あとほんの一秒でも遅れてたら大変なことになってたよ」

運転手は怒りが収まらない様子だったが、雨音はこのちょっとしたアクシデントのおかげで揺れていた気持ちがぴたりと収まった。

さっきほんの少し時間がずれて事故に遭っていたら、自分の意思に関係なくサイン会は中止になっていただろう。

けれど無事だった。サイン会開催を阻む要素は何もなく、だったら自分も腹をくくるしかない。

(やらずに後悔するよりやって後悔したほうがまし、多分)

会場のブックストアが見えてきたので、ラナ・カークになりきろうと深呼吸する。

店の前にファンがいるのではと身構えたが、店の外まで行列ができるほど大盛況というわけではなさそうだ。

(まあそうだよね。五冊出しただけの新人だし、サイン会の告知も一週間前とかだし)

来場者が少ないのは寂しいが、少ないくらいでちょうどいいのかもしれない。

店の前でタクシーを降りると、黒いパンツスーツ姿のポーラがどこからともなく歩み寄ってきた。雨音の頭のてっぺんから爪先まで見下ろして、「完璧だわ」と呟《つぶや》く。

「まだ時間大丈夫ですよね?」

「ええ、開始まで二十分ある。スタッフ用の休憩室を使っていいって言われてるから、いったん中に入りましょう」

「でもあの、休憩室って他の人もいるんじゃ……」

ためらいがちに切り出すと、ポーラがくるりと振り返って声を潜めた。

「安心して、ブックストア側は誰もあなたの正体を知らない。うちの社内にも箝口令《かんこうれい》を敷いてる。もともとあなたが男性だって知ってるのは社内でもごく一部だしね」

休憩室に入ると、ブックストアの店長だという年配の女性がにこやかに歓迎してくれた。

「初めまして！　お会いできて嬉《うれ》しいわ。あなたの初めてのサイン会をうちの店で実現できて光栄です」

「こちらこそ……今日はどうぞよろしくお願いします」

店長のテンションに気圧《けお》されつつ、おずおずと握手を交わす。

女装するとき、雨音が顔の次に気を遣っているのが手だ。男性にしては華奢《きゃしゃ》なのでメロディ時代にはよく褒められていたものの、写真で見るのと実際握手するのとではわけが違う。

日頃から入念に手入れをし、今日は落ち着いたベージュのマニキュアで仕上げてきたが、男だとばれるのではないかと雨音は冷や冷やした。

幸い店長は疑問を抱いた様子はなく、ひとまずほっと胸を撫《な》で下ろす。

「うちはロマンス小説の品揃《しなぞろ》えが豊富で、私も四十年来の愛読者なんですよ。あなたの著作も全部読んでます。うちの店でも人気で、特に『司書の密《ひそ》かな恋心』が発売されて以降、過去の作品もよく売れてて」

「そうなんですか？　ありがとうございます」

控えめな笑みを浮かべて小声で返す。正直なところラナ・カークになりきることに必死で、店長の言葉はほとんど頭に入ってこなかったが。

「もう既に二十人ほど並んでいます。サイン会への問い合わせも多かったので、もっと増えると思います」

「よかった……誰も来ないんじゃないかと心配してたので」

胸に手を当てて、本音と演技の入り交じったセリフを口にする。店長が「コーヒーでもいかが?」と訊《き》いてくれたが、雨音は丁重に辞退した。

「じゃあ私は先に会場に行って準備してきますね」

店長が休憩室をあとにし、雨音はふうっと息を吐き出した。

ポーラが雨音をしげしげと見つめ、満足げな笑みを浮かべる。

「シャイで世慣れてない感じがマデリンっぽくてすごくいいわ。この調子でいきましょう」

「僕も結構自信が湧いてきました」

小首を傾《かし》げるようにして、雨音も小さく微笑《ほほえ》んだ。


定刻通り始まったサイン会は、あれこれ心配していたことが嘘のように順調に進んでいった。

サイン会用のスペースにはずらりと椅子が並べられており、雨音が会場に入ったときには既に満席で、後方には立って待っている客もいた。

拍手で迎えられ、司会進行役の店長にマイクを手渡されて少々狼狽《うろた》えてしまったが、今回はトークイベントではないので軽く挨拶するだけで会場の客も満足してくれたようだ。

店長とポーラが写真撮影禁止の周知を徹底してくれたおかげで、無遠慮にスマホを向ける人もいない。客の誘導や進行もスムーズで、雨音はラナ・カークに徹することができた。

「こんにちは。今日はどちらから？」

「サンディエゴです。あなたのサイン会があるって知って、これは絶対に駆けつけなきゃって思って。デビュー作から大ファンなの。ああ、お会いできて本当に感激だわ」

六十代と思《おぼ》しき女性が、椅子に掛ける前から興奮気味にまくし立てる。

「私もこうして読者の方にお会いできて嬉しいです」

はにかみながら――演技ではなく本当にくすぐったいような照れくささを感じつつ、雨音は女性と軽く握手を交わした。

「お名前は？」

「パトリシアです。普段はパティだけど、今日はパトリシアって感じだから」

彼女のおどけた言い方に柔らかく微笑んで、差し出された本に為書《ためが》きとともにサインを入れる。

「マデリンとジェイクの恋の行方を読むのが楽しみ。これからもたくさん素敵なお話を書いてくださいね。どうもありがとう」

「こちらこそ、わざわざサンディエゴから来てくださってありがとうございます」

事前の打ち合わせ通り、ひとりあたりの持ち時間は二分程度。本の感想や言葉を交わしつつサインを入れていく。

予想に違《たが》わず読者は女性オンリーで、シニアと呼ばれる年齢層が圧倒的に多かった。ロマンス小説ファンのサークル仲間で誘い合って来た人、一度はロマンス小説を卒業したけれど『司書の密かな恋心』をきっかけに戻ってきた人、実際に図書館でベテラン司書として働いている人——日頃はそれぞれの生活を営んでいる人々が、自分の著作をきっかけに今この場所に集まっているのを実感し、胸が熱くなる。

実は雨音は、今まで自分の読者にさほど関心がなかった。

ファンレターやSNSでの好意的なコメントはありがたいが、読者にとっては大勢いるお気に入り作家のひとりでしかない。今はファンでも、次回作が好みでなければするりと離れていくのだろう、と。

自分も長年ロマンス小説の愛読者だったので、移ろいやすい気持ちは理解できる。今日来てくれたファンも来年にはファンではなくなっているかもしれないが、それでも構わない。少なくとも今この瞬間は、わざわざサイン会に足を運ぶほど関心を寄せてくれているのだから。

雨音にとってロマンス小説は、辛《つら》い現実からいっとき逃れて夢の世界に浸れる場所だった。

今は自分の作品が、誰かに幸せなひとときをもたらしている。こうして実際に読者に会ってそれを実感できただけで、重い腰を上げてサイン会に応じた甲斐《かい》があった。

「初めまして。あなたのお姿を拝見したときからずっと舞い上がってるわ。私が思い描いていたマデリンのイメージにぴったり」

「本当に？　光栄です」

時間が経《た》つにつれて、雨音も自分がどんどんマデリンっぽくなっているのを感じていた。自分がマデリンを演じているのかラナ・カークを演じているのかわからなくなりそうだが、ここは基本に立ち返って〝ちょっと古風なタイプのロマンス小説を書くシャイな新人作家〟を意識したほうがいいかもしれない。

いずれにせよ、藤村《ふじむら》雨音とはまったく別の人格になりきるのはなかなか楽しかった。次第に緊張もほぐれ、当初はぎこちなかったサインも形が整ってきたそのとき。

「こんにちは！　初めまして！」

喜びを抑えきれないといった様子で、若い女性が向かいの椅子に着席した。

彼女の顔を見たとたん、ぎくりとする。茶色の瞳、愛嬌《あいきょう》のある顔立ち――どこかで見たような気がするが、知り合いだろうか。

「こんにちは……今日はどちらから？」

上目遣いで探るように尋ねると、彼女は「地元です。ＬＡのグレンデールです」と被《かぶ》せ気味に答えた。

「といっても出身はモンタナ州なんですけど。ああ、ダフネといいます」

名前を聞いて、雨音は彼女とどこで会ったか思い出した。

——近所のカフェのスタッフだ。

エプロンの名札にダフネとあったので間違いない。仕事中はいつも髪をきっちり束ねており、髪を下ろした状態を初めて見たのですぐには気づかなかった。

(やばい、もしかして僕のこと覚えてるかも)

ラナ・カークの予行演習で何度か女装姿で店に行ったが、顔を合わせたのは確か最初のときだけだ。あのカフェは広くて来客数も多いので、目立たない客のことなどいちいち覚えていないと願いたい。

「……ダフネ、今日は来てくれてありがとう」

小さく笑みを作ってから、急いで目を伏せて本を開く。

「あなたの本は全部好きなんですけど、特に『司書の密かな恋心』が好きで、ジェイクとマデリンが図書館で出会うシーンが大好きなんです。影響されて、滅多に行かない図書館に行ってふたりの出会いを想像したり。本の棚に囲まれてると、脚立に乗ったマデリンが本を棚に戻してるところにジェイクが来て声をかける場面が目に浮かんでくるんです」

雨音がサインしている間、ダフネは興奮したようにしゃべり続けていた。

幸いダフネは目の前のラナ・カークが勤務先のカフェを訪れていたことに気づいていない様

子だった。彼女のような饒舌《じょうぜつ》なタイプは、もし気づいていたら口にせずにはいられないだろう。

彼女の話が途切れたところで、雨音は顔を上げて「嬉しいわ。私もあのシーンはお気に入りなの」と相槌《あいづち》を打った。

「新刊読むのが楽しみです！　お会いできて本当によかった！」

名残惜しげに席を立ったダフネの後ろ姿を見送り、ほっと肩の力を抜く。

次の読者――おそらく本日の最高齢の女性に「こんにちは」と微笑みかけ、雨音は残り少ないラナ・カークの時間を楽しむことにした。

◇◇◇

――穏やかな日差しが降り注ぐ昼下がり。

カルバーシティの住宅街の裏通りに立ち、ワイアットは検死医の背後から無惨な遺体を見下ろしていた。

カルバーシティは比較的治安のいい地域とされているが、今のＬＡに安全な場所などないのが現実だ。この界隈《かいわい》も空き家が多く、家の壁には落書き、道路にはゴミが散乱している。

「死亡推定時刻は昨夜の九時から十一時、死因は喉を圧迫されたことによる窒息死。後頭部に棒状のもので殴られた痕があり。こないだのホーソーンと同じ手口だな。まず背後から殴りかかって弱らせ、馬乗りになって首を絞めてる」

検死医の言葉を聞くまでもなく、ワイアットも現場を見てすぐにホーソーンの事件と同じ犯人だとわかった。今回の被害者も三十代くらいの女性で、地味で垢抜《あかぬ》けない服装だったのだ。

「ワンブロック先の住宅のゴミ箱から被害者のものらしきバッグが見つかりました」

シャルマが証拠品保管袋を手に駆け寄ってくる。

「携帯は？」

「こないだと同じく、携帯と現金が持ち去られてるみたいです」

手袋をはめて、ワイアットはベージュのショルダーバッグの中からくたびれた財布を取り出した。

「ジェニファー・ノートン、三十二歳、住所はこの近くのアパート、勤務先はダウンタウンの運送会社の経理部」

免許証と会社のＩＤカードを読み上げる。

「連続殺人だな。類似の事件がないか、年代と地理的範囲を広げて洗い直そう」

◇◇◇

「ねえジェイク、あなたの仕事は時間が不規則だし、多忙だってこともよくわかってる。忙しいときは無理して来なくていいのよ」

昨夜からずっと考えていたことを、マデリンは思い切って口にした。

本当はもっと頻繁に会いたいし、できるだけ長く一緒にいたい。けれど自分の性格的に、わがままを言ってジェイクを困らせたくないという気持ちのほうが大きかった。

戸口で振り返ったジェイクが、マデリンの顔をまじまじと見つめる。

「こんなふうに、夜遅く来てまたすぐ帰るってのは迷惑だったかな」

「まさか！　来てくれて嬉しかったわ。でもあなた疲れてるのに……」

「疲れてるときこそ、きみに会いたいんだ」

メールの着信音に現実に呼び戻され、雨音はキーボードを打つ手を止めた。

『今帰った。シャワー浴びてから行く』

ワイアットからの短いテキストに、思わず頬が緩む。

時刻は二十時をまわったばかり、ワイアットとしては早い帰宅と言えるだろう。『了解』とだけ返事を打って、雨音はいそいそとキッチンへ向かった。

ワイアットは雨音のサイン会のことを気にかけてくれていたようで、サイン会が終わって一時間ほど経った頃、『どうだった？』とメールが来た。『大成功。詳しくは帰ってから』と返信し、ワイアットの帰りを待ち構えていたのだ。

　昨日作っておいた野菜スープ、サイン会の帰りに買ってきたスモークターキーレッグを温め、インゲン豆とベイクドポテトを添える。骨付きのターキーレッグのおかげで普段よりちょっとゴージャス感のある夕食になり、雨音は満足げにテーブルを見下ろした。

（あとはローストビーフのサラダを出して、食べる直前にパンをトーストすれば完璧じゃん）

　グラスを出したところでドアをノックする音が聞こえて、玄関へ急ぐ。

「俺だ」

「だろうね」

　ドアを開けると、Tシャツにスウェットパンツ姿のワイアットがボトルを掲げてみせた。

「まずは乾杯しよう」

「シャンパン？　ありがとう」

「それとこれも」

　手品のように背後から花束を差し出され、雨音は目をぱちくりさせた。

　黄色とオレンジでまとめられた洒落《しゃれ》たブーケだ。花をプレゼントされるとは思ってもいなくて、嬉しさと照れくささのボルテージが一気に上昇していく。

「本当は薔薇《ばら》を贈りたかったんだが、閉店間際で薔薇は残ってなくてね」

「……花ならなんでも歓迎だよ」

この気持ちをどう言い表せばいいのかわからなくて、なんだか素っ気ない言い方になってしまった。黄色とオレンジのガーベラ、クリーム色のカーネーション、名前のわからないグリーンの花と可愛《かわい》い葉っぱ――たまに自分でも買うことがあるが、恋人からもらう花は格別だ。

「サイン会はどうだった？」

「ちょっと待って。まずこの花の写真撮ってから」

くるりと踵を返し、寝室へ急ぐ。

ベッドカバーの上にそっと花束を置き、スマホを構えて何枚か写真を撮ってから、雨音は改めてしみじみと感激に浸った。

（やばい、すごく嬉しい）

ワイアットの前でこの感情を素直に表現したいのに、どうすればいいのかわからない。

そんな自分に嫌気が差すが、性格というものはそう簡単に変えられないものだ。

「撮影は終わったか？」

「えっ？　うん」

振り返ると、ワイアットが寝室の戸口でスマホを構えていた。

「俺も一枚撮らせてくれ。花束を持ってそこに立って」

「僕も撮るの？　今日サイン会でポーラに何枚か撮ってもらったからいいよ」

「それとこれは別だろ？」

「…………」

つき合い始めた頃だったら「嫌だ」と突っぱねていただろう。が、この数ヶ月で自分も成長したということを証明したくて、雨音は両手で花束を持って背筋を伸ばした。カメラを見ることができずに微妙に目をそらした状態ではあるが、ポーズを取っただけでも大きな進歩だ。

「いいね。笑顔じゃないところがきみらしい」

上機嫌でシャッターを切るワイアットに、思わず苦笑いが出てしまう。

「これ、萎《しお》れないように花瓶に活《い》けてくる。冷蔵庫にサラダがあるから出しといて」

洗面所で花を活けている間に、ワイアットがグラスを用意してくれていた。

テーブルに花瓶を置き、まずは冷えたシャンパンで乾杯する。

乾杯するときくらいは目を合わせようとしたものの、三秒が限界だった。が、この状況で三秒も目と目を見合わせて乾杯できたのだから上出来だろう。

シャンパンを一気に飲み干してから、ワイアットが「サイン会の話を聞かせてくれ」と切り出した。

「うまくいったよ。誰も僕が男だって気づいてなかったと思う」

「どれくらい来たんだ?」

「なんと八十八人。僕もポーラも三十人も来れば上等って思ってたからびっくりだよ」

「すごいな。平日の午後で、しかも一週間前に決まったばかりだってのに」

「ロマンス小説ファンはＳＮＳやサークルで繋《つな》がりがあるからね。今日もグループで来てたお客さんが多かった。僕のファンというか、ロマンス小説界を盛り上げようと応援に来てくれた感じ」

「それでもわざわざ時間を作って会いに行こうと思ったくらいには、きみの作品のファンってことだろう？」

　ワイアットの言葉に、雨音はじわっと胸が熱くなるのを感じた。シャンパンをひとくち飲んでから、もぞもぞと居住まいを正す。

「うん……思い切ってサイン会やってよかった。あなたが読者に会う貴重なチャンスだって言ってたでしょう？　その言葉に背中を押されて、実際読者と会って話せてよかったなって」

　ぼそぼそと尻窄《しりすぼ》みになってしまったが、ワイアットには感謝を伝えておきたい。ありがと……と小声で呟いたところで、雨音は重大な情報を思い出した。

「そうそう！　ひとりだけ知り合いが来てたんだよ！」

　ローストビーフを咀嚼《そしゃく》していたワイアットが、「なんだって？」と眉根を寄せる。

「知り合いっていうか、角に〈３６５〉ってカフェがあるじゃん。あのお店のスタッフの若い女性で、茶色の髪を後ろで束ねてる人、わかる？」

「俺はきみほど常連じゃないからな」

「ダフネって名札付けてる人だよ」

「あー……その名前には見覚えがある。きみがラナ・カークの予行演習をしてて、俺がチーズステーキサンドをテイクアウトしたときのスタッフ？」

「そう。しかも彼女、グレンデールに住んでるって」

「家もご近所さんの可能性ありか。で、ダフネのほうはきみがカフェの常連だって気づいたのか？」

「ううん、それは気づいてないはず。女装姿で彼女と顔合わせたの、多分あのとき一回だけだし」

「じゃあ問題ないな。普段のきみとラナ・カークが同一人物だって気づくのはこの世に俺ひとりだろうから」

さらっと殺し文句を口にし、ワイアットが豪快にターキーを頬張る。

涼しい顔をしているワイアットとは対照的に、雨音は急上昇した体温を下げようと冷たいシャンパンを口にした。

「まあとにかく無事終わってほっとしたよ。思ってた以上に楽しかった。ポーラの狙い通り、さっそくインスタにサイン会行ってきましたって報告上げてくれてる人もいたし」

「年齢層はきみの予想通りだったのか？」

「平日の午後だからってのもあるんだろうけど、予想よりプラス十歳って感じだった。多分ダフネが最年少。あ、そういえば親子で来てくれた人もいたよ。娘さんが僕の母親くらいの世代で」

「ああ……なんかすごく平和な光景が目に浮かぶよ」

ため息混じりのワイアットの口調に、雨音はフォークを持つ手を止めた。

「なんかあったの？」

言ってから愚問だったと気づき、「いや、あなたの職業的に毎日何かしらあるんだろうけど」と付け足す。

「食事が終わってから話すよ」

そうだった。食事中は事件の話禁止のルールを決めたのは自分だ。律儀に守ってくれているワイアットに改めて感謝しつつ、「じゃあさっさと食べよう」とスープをかき込む。

「急がなくても時間はある。きみの初めてのサイン会のお祝いなんだから、ゆっくり楽しまなきゃ」

「あ、そうそう、サイン会第二弾の話も来てるんだ。なんと今度はニューヨーク」

「すごいじゃないか。俺も都合がつけば行きたいな」

ワイアットが行きたいと言うとは思っていなかった。予想外の申し出に面食らうが、直後に嬉しさがどっと込み上げてくる。

「そうだね……サイン会はともかく、ちょっと観光するのはいいかもね」

「日程は決まってるのか？」

「来月の十日。土曜日に発《た》って日曜日がサイン会で、月曜に帰ってこようかなと」

「ポーラも一緒に行くのか？」

「もちろん。ポーラはコネチカット出身で、ちょうどサイン会の翌日がお母さんの誕生日なんだって。サイン会が終わったらその足で実家に向かうって言ってた」

「そうか。きみはNYに行ったことは？」

「十歳のとき家族旅行で行った。正直あんまりいい思い出じゃないんだよね。前にも話したけどうちの両親は不仲で、一緒に出かけるとたいてい喧嘩《けんか》になってたから。NYでもホテルで険悪な空気になってさ」

長らく忘れていた思い出がよみがえり、雨音は顔をしかめた。

「俺もあの街にはいい思い出がないな。大学に入った年に野球の試合を見に行ったんだが、スタジアムでは財布を掏《す》られ、地下鉄では暴れてた男を取り押さえようとして嚙《か》みつかれ」

「え、暴れてる人を取り押さえようとしたの？　危ないじゃん」

驚いて聞き返すと、ワイアットが小さく肩をすくめる。

「ひとりで暴れてるだけなら無視しようと思ったんだが、注意した老人に摑《つか》みかかったんでね」

ワイアットは軍や警察に入る前からそういう行動ができる人だったらしい。雨音だったら、やばそうな人物を見かけたらさっさと別の車両に移動して関わらないようにしただろう。

「幸い病院に行くほどじゃなくて、駅員が応急手当てしてくれたよ。だが一応傷害事件ってことで俺も調書取られたりして、結構大変だった」

「ああ、それ僕も経験あるからわかるよ。食料品店で買い物中、思いがけず強盗未遂事件に居合わせちゃってさ」

ワイアットと出会った日のことを口にすると、ワイアットが声を立てて笑った。

「今度のサイン会でNYのネガティブな印象を払拭できるといいな」

「そうだね。いい記憶で上書きする感じで」

サラダを口に運びながら頷《うなず》いたところで会話が途切れ、しばし食べることに集中する。食事中には聞きたくないが、雨音も事件の話は気になっていた。

(地味な服装の教師の事件、続報がないけど何か進展があったのかな)

果たして雨音の予感は的中していた。

食事を終え、コーヒーを淹《い》れてソファに移動したところで、ワイアットが「ホーソーンの未解決事件、覚えてるか?」と切り出したのだ。

「今日カルバーシティで新たな犠牲者が出たんだ。まだ公表してないが、ホーソーンと手口がまったく同じだった」

「連続殺人ってこと?」

コーヒーをひとくち飲んで、ワイアットが頷く。

「きみも知っての通り、ホーソーンの事件は死因の詳細を公表していない。だが殺し方がまったく同じで、被害者のタイプも似ていた」

「つまり……地味な服装の三十代の女性？」

「ああ、事件については今夜のニュースで報じられているはずだ。ジェニファー・ノートン三十二歳、ダウンタウンの運送会社の経理スタッフ。グレーのトップスにグレーのパンツ、黒いスニーカー」

「上下ともグレー？」

「そう。俺ならどっちか違う色にするんだが、と思わずにいられなかった」

「デザインやコーデ次第で洒落た感じになりそうだけど……」

雨音の言葉に、ワイアットが首を横に振る。

「ジェニファーには悪いが、まったくお洒落には見えなかった。念のため現場にいた巡査と鑑識の女性に見解を仰いだが、ふたりとも同じ意見だった」

「そっか。今回の被害者も独身？」

「ああ、殺害現場の近くのアパートで女友達とルームシェアしてた。このルームメイトのおかげで、ジェニファーが日頃からマッチングアプリでデート相手を探していたこともわかった」

「レベッカと同じだね。といってもシングルの人は高確率でマッチングアプリやってるから、共通点と言うには弱いかな。今回も誰かと会う約束してたの？」

「いや、昨日は誰かと会う約束はなく、六時に退勤してバスに乗ってる。自宅に最寄りの停留所の三つ手前で降りたのを防犯カメラで確認済み。ルームメイト曰《いわ》く、ジェニファーは運動不足解消のために時々少し前の停留所で降りて歩いてたらしい」

「寄り道は？　スーパーとか飲食店とか」

当然警察も調べているであろうことを、雨音は敢えて口にした。

前にワイアットが言っていたのだが、立場が異なる複数の視点で話し合うことでヒントが見つかることも多いらしい。事件の捜査においては、わかりきっていることを繰り返し口にするのも確認作業の一環なのだ、とも。

「停留所から殺害現場までの間にある店に聞き込みしたが、目撃情報なし。これから防犯カメラを分析」

「手伝おうか？」

「ありがとう。今のところ人手は足りてるから大丈夫だ」

ちらりとこちらに視線を向け、ワイアットが深々とソファにもたれる。

その声音にいつもと少しだけ違う何かを感じ取って、雨音は座ったままワイアットのほうへ向き直った。

「何か心配事？」

問いかけるとワイアットは珍しく口ごもったが、十秒ほど雨音の顔を凝視してから、観念したようにゆっくりと口を開いた。

「きみも知っての通り、連続殺人はマスコミがセンセーショナルに報道する可能性が高い。そしてこの手の犯人は注目されることに喜ぶタイプが多い。警察としてはできるだけ騒ぎを大きくしたくないが、連続殺人だとわかったからには市民に注意喚起もしなくちゃならない」

「取り扱いに注意が必要な案件だね」

「そういうこと。いつもクレリック警部補に任せっぱなしだったんだが、自分が決断を下す立場になってみて彼の苦労がよくわかったよ。どのタイミングでどこまで公表するか、報道が犯人を刺激する可能性も考えて慎重にやらなきゃならない」

「…………」

ワイアットの立場の難しさに、雨音は眉根を寄せた。

捜査だけでも大変なのに、マスコミや犯人との駆け引きにまで神経をすり減らさなくてはならないなんて、自分だったら心労で寝込んでしまいそうだ。

疲れた表情の恋人に何か言葉をかけたいが、こんなときなんと言えばいいのだろう。

——わかるよ。

いや、同僚ならまだしも、警察の仕事のほんの一部分しか知らない自分が「わかるよ」などと言うのは烏滸《おこ》がましい。

――大丈夫、あなたなら上手《うま》くやれる。

実際ワイアットなら上手くやってのけるだろうとは思うが、今それを口にするのは彼にとってプレッシャーになるのでは？

(気の利いた言葉が全然思い浮かばないんだけど！)

何か言わないと、ワイアットを無視しているようで居心地が悪い。

ワイアットは雨音のコミュニケーション能力の欠如をよく知っているから受け流してくれるだろうが、こうやっていつまでもワイアットの懐の広さに甘えていてはいけない、とも思う。

すっくと立ち上がり、雨音は間合いを詰めてワイアットの隣に掛け直した。ワイアットに何か言われる前に、急いで肩に手をまわしてぎこちないハグをする。

(唐突だった？　やっぱり何かひとこと言ってからするべきだった？)

不自然な体勢で固まっていると、ワイアットがふっと笑う気配が伝わってきた。

「……っ」

大きな手に抱き寄せられてバランスを崩し、立て直そうともがいたところで易々《やすやす》とワイアットの膝の上に乗せられてしまう。まるでぬいぐるみのように抱き締められて、雨音はくすぐったさに首をすくめた。

「仕事で気が滅入《めい》ってるとき、こうやって恋人が寄り添ってくれるってのはいいもんだな」

「そう？　ならよかった」

嬉しいのに、素っ気ない言葉しか返せないのがもどかしい。こういうときこそ、ロマンス小説家の本領を発揮して甘やかでウィットに富んだセリフを囁くことができたらいいのに。

「ああ、最高だよ」

「ひゃっ、ちょ、ちょっと……っ」

背後から耳を甘嚙みされて、びくびくと背筋が震える。

ワイアットの不埒《ふらち》な悪戯《いたずら》に、膝の上に乗せられたときから体の芯に集まり始めていた熱が官能の形に変わっていくのがわかった。

「提案なんだが、続きはベッドで話さないか?」

ワイアットは無骨なようでいて、ときどきロマンス小説のヒーロー顔負けの甘いセリフを囁いてくるから質《たち》が悪い。

「……そのセリフ、ジェイクに言わせてもいい?」

「条件次第だな。きみが俺のリクエストを聞いてくれるなら」

「…………」

唇を尖《とが》らせつつ、雨音はシャツの裾から忍び込んできた無遠慮な手を払いのけた。

5

——サイン会の翌週の月曜日。

ダウンタウンでタクシーから降り立った雨音は、颯爽《さっそう》とした足取りで〈アナベラ・パブリッシング〉が入居するビルのエントランスへ向かった。

今日は次回のサイン会の打ち合わせをすることになっている。そしてもうひとつ、嬉しいことにアンソロジー本の執筆メンバーに選ばれたので、その件についての打ち合わせも。

毎年恒例のクリスマスアンソロジーは、数名の作家が短編を書き下ろす人気の企画だ。当然ながら読者に人気の作家が選ばれるので、雨音もいつかはここに名を連ねたいと思っていた。駆け出しの作家にとっては名前を知ってもらうチャンスで、かつて雨音もアンソロジーを読んで気に入った作家の本を買い集めた経験がある。

（カフェかブックストアを舞台にしたいな。クリスマスらしく、ほのぼのした感じで）

ヒロインとヒーローの職業は何にするか、頭の中に五パターンほど候補があるのだが、アンソロジーなので他の作家と被《かぶ》らないようにしなくてはならない。本が出るのは十一月下旬、だいぶ先の話だが、今からしっかりアイディアを練っておかなくては。

あれこれ考えつつエントランスの前で立ち止まり、雨音はガラスに映った自分の姿を素早くチェックした。

打ち合わせのあと、今度のサイン会で着る服を買いに行く予定なので女装してきた。藍色のマキシワンピースに白いスニーカー、首元には水色のスカーフ。マデリンだったらレース編みのカーディガンを合わせるところだが、メロディ時代に買ったカーディガンはどれもガーリーすぎたので無難に白いパーカーを羽織ってきた。

エントランスに足を踏み入れたとたん、ロビーのソファで賑《にぎ》やかに談笑する年配の女性グループが目に飛び込んでくる。ロビーの一角にイベントスペースがあるので、そこに来た客だろうか。

彼女たちを横目にエレベーターホールへ向かおうとしたところで、イベントスペースの案内ポスターに気づいた雨音ははたと足を止めた。

――アナベラ・ロマンスの世界、魅惑のカバーイラスト展。

そういえばポーラがカバーイラスト展をやると言っていた。雨音も『司書の密かな恋心』のパネルにサインを入れたことを思い出し、ちょっと覗《のぞ》いていこうとイベントスペースへ足を向ける。

「こんにちは、どうぞごゆっくりご覧くださいね」

係員の女性にパンフレットを差し出され、礼を言って受け取る。

スペース内には客が数人、サイン会同様年配の女性ばかりだ。人気イラストレーターの原画や歴代ベストセラーの表紙パネルがずらりと並んでおり、懐かしさが込み上げてくる。

思っていた以上に見応えのあるラインナップで、打ち合わせが終わってから改めてじっくり見ることにして、雨音は自分がサインしたパネルを探した。

（あった！）

年代順に展示されているパネルの中に『司書の密かな恋心』を見つけて、思わず表情が緩んでしまう。

写真撮影がＯＫかどうか訊こうと振り返ったところで、雨音はぎくりとした。

背後に立っていた若い女性も、驚いたように目を見開いている。

「ラナ⁉」

先日のサイン会に来ていたカフェ〈３６５〉のスタッフ、ダフネが満面の笑みで声を上擦らせた。

――気づかれてしまった。先日会ったばかりなので、「人違いです」などとしらばっくれるのは無理がある。

「……こんにちは」

ぎこちなく微笑みながら、雨音は内心頭を抱えた。

もっと周りをよく見て注意するべきだった。ダフネが来ていると知っていれば、イラスト展を回避したのに。

「うわ、びっくりです。またお会いできるなんて。あ、覚えてらっしゃらないかもしれないけど、私、先日のサイン会でお会いしたんです。ダフネです」

喜色満面の彼女に気圧されながら、雨音はこくこくと頷いた。

「ええ、覚えてるわ」

「このイラスト展、〈アナベラ・パブリッシング〉と同じビル内のイベントスペースで開催って聞いて、運がよければあなたに会えるかもって考えてたんです。でもまさか、本当にお会いできるなんて」

幸いダフネは、声のトーンを抑えめにする理性と分別を持ち合わせていた。何事かと振り返った客たちも、偶然知り合いに会った程度のことと捉えてくれたようだ。

「この『司書の密かな恋心』の表紙のイラスト、大好きなんです。実を言うと、この表紙がきっかけで手に取ったんです」

「私もこの表紙すごくお気に入り」

小声で答えながら、雨音はどうやってこの会話を切り上げるべきか高速で頭を回転させた。サイン会と違って時間の制約がないので、自分でどうにかするしかない。

が、どうやって？　コミュニケーションが苦手な自分にとってかなりの難題だ。どうでもいい相手なら失礼な人だと思われても構わないが、ラナ・カークのファンだという彼女をがっかりさせたくない。

「既刊のイラストもどれも素敵ですよね。読み終わったあと、改めて表紙を見るとうわあ本当にイメージ通りって思って」

相槌を打ちつつ、曖昧に微笑む。ダフネの早口マシンガントークを聞いているうちに少し落ち着いてきて、雨音は呼吸を整えた。

最適なセリフは〝ごめんなさい、もう行かなきゃ。会えて嬉しかったわ〟だろう。

そう結論を出して、口を開きかけたそのとき。

「あの、サイン会のときは黙ってたんですけど、グレンデールの〈365〉ってカフェに来られたことありますよね？　私、あのお店で働いてるんです」

思いがけない角度から飛んできたダフネの一撃に、用意していたセリフは木《こ》っ端《ぱ》微塵《みじん》に吹き飛んでいった。

思考が完全に停止し、口を半開きにしたまま棒立ちになる。

数秒後、人違いですと笑って否定すればいいのだと気づいたが、いったん固まってしまった表情はすぐには動かせない。無言で固まっているこの状態は肯定しているも同然で、己の失態にますます動揺が広がっていく。

雨音の動揺が伝わったのか、ダフネがしまったというように口元に手を当てた。

「ごめんなさい、あなたのプライベートを詮索する気はないの。嬉しくてつい言っちゃったけど、勤務中は仕事に徹してあなたに声をかけたりしないから安心して」

た。

「……ありがとう」

どうにか声を絞り出して答えるが、面倒なことになったという思いが顔に出てしまったかもしれない。この場を離れて気持ちを立て直したくて、雨音は先ほど考えていたセリフを口にした。

「ごめんなさい、もう行かなきゃ」

「あ、引き留めちゃってごめんなさい」

「いえあの、会えて嬉しかったわ」

笑顔を作ろうとして失敗し、くるりと踵を返してエレベーターホールへ向かう。

ちょうどやってきたエレベーターに飛び乗り、扉が閉まると雨音は大きく息を吐き出した。

(落ち着け、ダフネはラナ・カークの姿しか知らない。藤村雨音とラナ・カークは結びついていないから大丈夫)

情報を整理すると、ダフネは自分の勤務先に何度か現れた女性が自分の好きな作家だと知って驚いた、というだけの話だ。

だが油断はできない。藤村雨音の姿でもあの店には足繁く通っている。絶対に雨音とラナが同一人物だと知られないようにしなければ。

(こういうのってあっという間にネットで拡散されるからな)

ダフネが口が堅いタイプかそうでないか、自分は知る由もない。軽い気持ちで家族や友人に話したり、バーで酔って吹聴したり、そういうことがないとは言い切れないのだ。

エレベーターの扉が開いて、雨音ははっと我に返った。

約束の時間を三分過ぎている。ダフネのことはいったん頭から追い出して、打ち合わせに集中しなくては。

(起きてしまったことは仕方ない。前向きに)

長い髪をさっと後ろへ払って、雨音はフロアへと降り立った。

◇◇◇

LAPD強盗殺人課のフロアで、ワイアットはパソコンのモニターを睨《にら》みつけていた。けたたましいパトカーのサイレン、取調室から漏れ聞こえてくる怒鳴り声、電話の向こうの相手に苛立つ同僚——フロアには淀《よど》んだ空気とうんざりするような閉塞感が漂っている。

(まったく、心がすさむ職場だよ)

マグカップに残っていたコーヒーを飲み干し、ワイアットはデータベースに向き直った。

LAの過去十年間の未解決殺人事件を殺害方法や被害者のタイプ、時間帯などで絞り込んで調べたが、類似の事件はなし。地理的範囲をカリフォルニア州全土に広げて洗い直しているところだ。

この事件にだけ集中できればいいのだが、毎日新たな事件が起きるのでそうもいかない。

一昨日はリンカーンハイツ、昨日はロングビーチで強盗事件があり、他にも裁判所への出廷やらマスコミの対応やらで忙殺され、こちらの事件にまで手がまわらなかった。

けれどこの多忙のおかげで、ひとついいこともあった。

リンカーンハイツで強盗事件が発生した際、ワイアットは捜査を全面的にルッソに任せることにした。リーダーの自分は連続殺人事件を最優先し、その他の事件は部下に任せたほうがチームが上手く機能すると判断したのだ。

ルッソの迅速な捜査で強盗はその日のうちに逮捕に至り、昨日のロングビーチの事件もルッソが現場で犯人を取り押さえたと聞いている。

チーム内で役割を分担したことで、ワイアットは少しだけ心に余裕を持てるようになった。おそらくルッソも同じように感じているのだろう、今朝駐車場で会ったとき、クレリックが入院する前と同じように屈託なく声をかけてきた。

チーム内のわだかまりは、なるべく早く解消したほうがいい。小さなわだかまりが現場で思わぬ大きさに膨れ上がって捜査に支障を来《きた》すのを、ワイアットはこれまで何度も見てきた。

（まあ今後もルッソとの摩擦は避けられないだろうから、細心の注意が必要だが）

十代の頃は、自分も他人への嫉妬心に悩まされてきた。海軍に入ってから嫉妬心を向上心に昇華させる術《すべ》を学び、おかげで心を穏やかに保つことができているが、あからさまな嫉妬心を向けられるとこちらもどす黒い感情が噴き出してしまいそうで怖い。

ルッソとは、少し距離を置いてつき合ったほうがお互いのためだろう。彼を嫌っているわけではないが、どこにでも馬が合う人間とそうでない人間がいるものだ。

凝った肩を揉《も》みほぐしながら、フロアの隅のテレビに目を向ける。音声なしでニュース番組が映っており、ちょうど連続殺人事件を報じているところだった。

——ジェニファーの遺体発見の翌日、ワイアットは二件の殺人事件は連続殺人の可能性あり、と公表した。

ふたつの事件の共通点は、被害者が三十代の女性で仕事帰りにバスから降りたあとに襲われたこと。マッチングアプリは事件に関係あるのか現段階では不明だし、被害者の地味な服装についてもあくまで主観的なものなので公表しなかった。殺害方法についても、模倣犯が現れる可能性を考慮して詳細は伏せている。

レベッカとジェニファーに接点はなく、犯人がどこで彼女たちに狙いを定めたのかがわからない。周辺の飲食店のカメラからも情報が得られず、捜査は行き詰まっていた。

ニュース番組がコマーシャルに切り替わったので、モニターの文字列に視線を戻す。

膨大な数の未解決殺人事件。自分は職業柄データとして扱うことに慣れてしまったが、以前雨音に応援を頼んだ際、半日データを分析したのち、青ざめた顔をして『悪いけどこれ以上は無理』と言いに来たことを思い出す。

捜査の協力を承諾する際、雨音は事件現場の写真や映像が目に入らないよう配慮してくれと念を押した。なので雨音に渡したのはテキストのみのデータだったのだが、事件の詳細が書かれた文書は雨音にはそうとう堪《こた》えたらしい。

『繊細ぶるつもりはないけど、僕は想像力が豊かだから文章を読んだらその光景がありありと目の前に浮かんじゃうんだよ』

そう言って唇を尖らせた雨音の表情がありありと目の前に浮かび、慌てて唇を引き結ぶ。仕事に集中しようと、ワイアットは次のファイルを開いた。

日付は三年前の一月、場所はフレズノ――ＬＡとサンフランシスコのちょうど中間辺りの都市だ。被害者はドナ・スミス、三十六歳独身、福祉事務所勤務のソーシャルワーカー。

事件当日、ドナは地元の図書館で読書クラブ主催の読書会に参加。読書会は二十時に終わり、メンバーはそれぞれ帰路についた。ドナの交通手段は自家用車だが、来館者用の駐車場は少し離れた場所にあり、数百メートル歩かねばならない。

文書をスクロールし、ワイアットは被害者の死因と現場の状況を確認した。

殺害現場は駐車場の隣の公園、死因は首を絞められたことによる窒息死。犯人は手袋を嵌《は》めた手で喉の骨が砕けるほど強く首を絞めており、手の大きさから男性でほぼ間違いなし。

レベッカとジェニファーは首を絞められる前に背後から後頭部を殴られているが、ドナは首以外に危害を加えられた痕跡はなかった。検死官の所見では、犯人と被害者はお互い立った状態で、被害者は正面から首を絞められている。

殺害の手口は異なるが、ワイアットの刑事としてのセンサーが激しく反応した。

両手で首を絞めるという共通点は大きい。というか、この両手で首を絞めるという行為こそがこの犯人の性癖だろう。

殺害に至るまでの過程が異なるのは、連続殺人では珍しいことではない。犯行を重ねていくうちに、犯人がより効率的な手法にアップデートしていくからだ。

向かい合った状態で首を絞めた犯人は、おそらくドナに反撃されたはず。それに懲りて、ドナ以降は反撃を封じるためにまず後頭部を殴ってから馬乗りになる、という手法に切り替えたのではないか。

（被害者の服装は？）

急いで記述を探す。紺色のパンツスーツに黒いコート、茶色のレザースニーカー。現場の写真がないので地味と決めつけるのは早計だが、派手な服装ではないことは確かだ。

ドナには当時交際中の男性がいたが、死亡推定時刻には二十キロ離れたオフィスで残業中という確実なアリバイがあった。読書会のメンバーも全員アリバイがあり、家族や職場、交友関係に殺人に発展するほどのトラブルは見当たらず。

スクロールしていくと、ひとつだけ犯人らしき男の目撃証言があった。証言したのは事件当日勤務していた司書だ。

『私は十九時までの勤務だったんですが、退勤後に自分が借りる本を探していて、読書会のメンバーが帰るのを見かけました。本を探してたのでずっと見てたわけじゃないんですけど、被害者の女性が図書館の外で若い男性と話してたのは覚えてます。親しげな雰囲気で、駐車場の方向へ一緒に歩いていきました』

警察はこの若い男性を有力な容疑者と見て司書の証言を元に似顔絵を作成、防犯カメラの分析や聞き込みをしている。しかし図書館の出入り口のカメラは数日前から故障しており、公園内のカメラに至っては何者かに壊されたというのに予算不足のため半年以上放置されていた。

「シャルマ、ちょっといいかな」

向かいの席のシャルマに声をかける。

「何か類似の事件がありました？」

朝からデータのチェックにかかりきりで、目をしょぼしょぼさせたシャルマが顔を上げる。

「レベッカとジェニファーは最近図書館に行ってないか？」

ワイアットの質問に、シャルマが軽く目を見開いた。

「図書館……そういえばふたりとも図書館の利用者カードを持ってました。診察券や美容院の会員カードやらと一緒くたになってたから、あまり注意してなかったんですけど」

勢いよく椅子から立ち上がり、ワイアットはルッソとホークスを呼び寄せた。

「もしかしたらフレズノの事件と関連があるかもしれない。三年前、図書館の読書会帰りに殺された女性がいて、被害者の年齢や犯行の手口が似ている。司書の目撃証言で、若い男が被害者に声をかけていたこともわかってる。きみたちはカルバーシティへ行ってジェニファーが当日図書館に立ち寄ってないか調べてくれ。俺とシャルマはホーソーンの図書館を当たってみる」

「了解」

また何か言われるのではと少し身構えたが、ルッソは素直に頷いた。

行き詰まっていた捜査に光が見え、心身の疲れが一気に吹き飛んで気力が漲《みなぎ》っていく。まるで獲物の気配を感じて興奮する猟犬のような気分だ。刑事は自分の天職だとしみじみ実感しつつ、ワイアットは受話器を摑んでフレズノ市警察の番号をプッシュした。

ホーソーンの事件現場から徒歩五分。公立図書館を見上げ、ワイアットは「ここを見落としてたのは痛恨のミスだな」と呟いた。

「マッチングアプリのデート相手にドタキャンされたら、普通は図書館じゃなくバーに行くだろうと思っちゃいますよね」

シャルマが肩をすくめ、図書館のエントランスのドアを開ける。

広々としたロビーの向こうに貸し出しや返却のカウンターがあり、数人の職員が忙しそうに働いていた。

「すみません、警察の者です。ちょっといいですか？」

シャルマが愛想のいい笑みを浮かべ、カウンターの年配の女性にバッジを見せる。

「なんでしょう？」

花柄のブラウスを着た職員が、怪訝そうな目つきでシャルマとワイアットを交互に見ながら硬い声で答えた。

「三週間前の殺人事件の捜査をしています。二月五日月曜日の二十時以降、この女性がここに立ち寄ったか知りたいのですが」

シャルマがスマホを取り出し、レベッカの写真を見せる。

「悪いけど顔なんかいちいち覚えてないわ。一日の入館者数が五百人以上ですから」

「当日勤務していた職員のかたにお話を伺えますか？」

「館長に聞いてみます」

職員が内線電話をかけ、ほどなく五十前後の血色のいい男性がやってきた。

「LAPDの方？」

「ええ、強盗殺人課のケンプとシャルマです。二月五日にこの近くで女性が殺された事件の捜査をしています」

「そういうことでしたら協力は惜しみませんよ。職員に話を聞きたいとのことでしたが、人の記憶より防犯カメラの映像のほうが確実では？」

　館長の申し出に、ワイアットは少々驚いて「見せていただけるんですか？」と尋ねた。

　こちらとしても曖昧な記憶よりカメラの映像のほうがありがたい。カメラの映像の提出を要請すると令状を持ってこいと突っぱねられるケースが多いので、あまり期待していなかったのだが。

「普通は見せませんが、殺人事件の捜査となれば話は別です。こちらにどうぞ」

　館長に案内され、警備室へ足を踏み入れる。机の上にはモニターが三台、それぞれ四分割の画面に館内の様子が映し出されていた。

「今月の五日ですよね」

　慣れた手つきでパソコンを操作し、館長がファイルを開く。

「まずは二十時以降の正面出入り口を見せてください」

　真ん中のモニターにエントランスの映像が大きく映し出され、館長が「どうぞ」と席を替わってくれた。早速シャルマがモニターの前に掛け、倍速で映像を流していく。

「レベッカがカフェを出たのが二十時、カフェから図書館まで徒歩で約十分。あ……！」

　シャルマが映像を一時停止し、十秒ほど巻き戻す。

「当たりです！　二十時二十分、レベッカが図書館に入館してます」

　紺色のブレザーに白いブラウス、ブラウン系のチェックのパンツ。確かにレベッカだ。

「もう一回見せてくれ」

モニターを覗き込み、レベッカの周囲に不審な人物がいないかチェックする。しかし出入り口で年配の女性とすれ違っただけで、怪しい人影は見当たらなかった。

「館内での様子は後回しにして、レベッカが図書館から出て行くところを見たい」

「了解です」

しばらく倍速で流し、シャルマが映像を止める。

二十一時四十三分、レベッカが画面に現れた。退館の際も前後に誰も映っておらず、ひとりで図書館をあとにする。

「外のカメラに切り替えましょうか？」

背後で館長がそう口にした直後、黒っぽいジャケットを着た男が画面に入ってきた。

男はキャップを目深に被り、俯《うつむ》いて小走りで図書館を出て行く。俯いているだけでなく、不自然に顔を背けているのが気になった。

「巻き戻して顔を拡大してくれ」

「はい」

シャルマがいちばん顔が見えそうな位置で止めて拡大するが、キャップのつばと顎髭《あごひげ》に阻まれて顔が見えない。館長が気を利かせ、「外のカメラの映像を出しましょう」と該当箇所を探し出して隣のモニターに映してくれた。

図書館を出たレベッカが、バッグから取り出したスマホを見ながら歩いている。

そして彼女の五メートルほど後ろを、キャップの男が続く。

「――!」

男はカメラに顔が映らないよう、読書会のチラシをかざして顔を隠していた。

「これは完全にクロですな」

館長が刑事ドラマ風のセリフを口にしたところで、ワイアットのスマホが着信音を響かせた。

『ケンプ、ビンゴだ。ジェニファーは図書館に立ち寄ってた。今防犯カメラの映像を見せてもらってるんだが、キャップを被った不審な男が彼女のあとをつけている』

「こっちでもキャップ男がレベッカのあとを追って図書館を出ていくのが映ってた。男は意図的に顔を隠してる。館内の映像から少しでも容貌がわかるものをピックアップしてくれ」

『了解』

通話を切ると、ワイアットはシャルマの肩をぽんと叩《たた》いた。

「すぐに記者会見だ」

◇◇◇

「ごちそうさま」

独りごちて、雨音は空になったマカロニチーズの容器を手に立ち上がった。

今夜はスペアリブを焼くつもりだったのだが、ワイアットから「遅くなるから夕食はいらない」とメールが来たので、買い置きの冷凍品で済ませることにした。

サラダを添えようと思いつつ、ひとりだと野菜を洗うのも億劫《おっくう》でパスしてしまった。ワイアットと一緒のときは全然億劫に感じないし、あれこれ作るのが楽しくさえあるのだが。

（ワイアットは健啖家《けんたんか》だから、作り甲斐があるっていうか）

紅茶を飲もうと、電気ケトルをセットする。ちょうどニュースの時間だと気づいて、雨音はテレビをつけた。

ワイアットの帰りが遅くなるということは、何か大きな事件があったか、捜査中の事件に進展があったということだ。

ニュース番組は政治家の汚職事件を報じていた。音声をミュートにしてしばらく眺め、マグカップにティーバッグを入れて湯を注ぐ。

振り返ると、テレビの画面にＬＡＰＤの本部ビルが映っていた。テレビの前に急ぎ、音声をオンにする。

『ＬＡＰＤ本部からお伝えします。ホーソーンとカルバーシティで起きた殺人事件について、これから記者会見が開かれるとのことです』

レポーターが深刻そうな表情なのはいつものことだが、もしかして犯人が逮捕されたのだろうか。

カメラが切り替わって見慣れたロビーの壁が映し出される。大股でフレームに入ってきた長身の人物に、雨音はどきっとした。

(ワイアット⁉)

事件現場で捜査中の姿がちらっと映っていたことは何度かあるが、記者会見の場で見るのは初めてだ。スーツにネクタイ姿のワイアットが——今朝はネクタイをしていなかったのでロッカーにある予備だろう——険しい顔つきでカメラを見据える。

『今月五日ホーソーン、二十一日にカルバーシティで発生した殺人事件について、捜査の進展がありましたのでお知らせします』

報道陣をぐるりと見まわしてから、ワイアットが続けた。

『我々はこの二件を同一犯による連続殺人の可能性が高いと見て捜査していましたが、本日容疑者が浮上しました。被害者はふたりとも事件前に図書館に立ち寄っており、図書館から出て行く際に男性にあとをつけられています。防犯カメラの映像を分析しましたが、この人物は帽子や本を使って顔を隠しており、このように容貌が不明瞭です』

ワイアットが大きく引き延ばした写真を二枚掲げてみせる。一枚は全身、もう一枚は顔のアップで、キャップを目深に被って顎髭を生やした男性だ。俯いているので顔はほとんど見えず、白人で中肉中背、地味で目立たない服装ということくらいしかわからない。

『さらに周辺のカメラを分析し、この人物について調べています。防犯カメラの映像を公開しますので、この人物に見覚えのあるかたは情報をお寄せください』

報道陣から質問の声が上がったが、ワイアットが手で制する。

『まだ続きがあります。三年前にフレズノで起きた未解決殺人事件が、本件と関連している可能性があります。被害者は図書館での読書会帰りに殺されました。図書館から出る際、若い男性と言葉を交わしているところを目撃されています。これが当時作成された似顔絵です。年齢は二十代、身長百八十五センチくらいの痩せ型』

ワイアットが掲げた似顔絵に、雨音は眉根を寄せた。

面長ですっきりした輪郭、切れ長の目、薄い唇。実際の容疑者はどうだかわからないが、少なくとも似顔絵はなかなかのイケメンだ。殺人鬼がみんな凶暴な顔立ちとは限らないし、サイコキラーの中には魅力的な容姿を持つ者もいるが……。

(なんかさっきの防犯カメラの映像と印象違いすぎじゃない?)

同じことを感じたらしく、報道陣からもさっそく疑問の声が上がった。

『防犯カメラと似顔絵は同一人物なんですか? 印象が違うように見えますが』

『似顔絵はあくまでも目撃証言をもとにしたものです。三年の間に容貌が変化したとも考えられるし、別人の可能性ももちろんある』

なおもざわめく報道陣を、ワイアットが『質問はあとで受け付けます』と遮る。

『ここからが肝心な話です。犯人は図書館でターゲットを物色し、あとをつけています。ホーソーンとカルバーシティの事件はいずれも被害者が徒歩でバス停に向かう際に襲われています。日が暮れてから図書館を利用する女性は単独行動を避け、徒歩での移動を控えてください』

そこで記者会見の映像が途切れ、番組のスタジオに切り替わる。

『ホーソーンとカルバーシティの事件の続報でした。続いてのニュースはこちらです』

LA近郊で起きた交通事故のニュースになったので、雨音はテレビを消した。

ぬるくなった紅茶を飲みながら、パソコンを起《た》ち上げる。検索すると、記者会見のノーカット版がすぐに見つかった。

先ほどとは違うテレビ局のもので、こちらのほうが断然ワイアットの映りがいい。やはりワイアットは左側の顔を斜め横から見上げる角度がいちばん……などと思いながら見ていた雨音は、はっと我に返った。

（いやいや、注目すべきはそこじゃないだろ！）

映像を見ているとどうしてもワイアットに目が行ってしまうので、話の内容に集中するため目を閉じる。記者会見と質疑応答を全部聞き終えてから、雨音はすっかり冷めてしまった紅茶を飲み干した。

この連続殺人事件はかなり注目を集めているらしく、ニュースサイトを開くと有識者が犯人像を分析する記事や被害者の私生活についての記事もあった。ゴシップ系のサイトがさっそく

〝図書館の絞殺魔〟などと名付けており、思わず顔をしかめてしまう。

（ワイアットが恐れてた事態だな。こういうニックネームは犯人が喜ぶだけなのに）

パソコンを閉じてキッチンに戻ったところで、スマホにワイアットからメッセージが届いていることに気づいた。

『帰りは深夜になりそうだ。戸締まりに気をつけて、おやすみ』

まだ仕事が終わらないらしい。記者会見では疲れた顔はしていなかったが、食事はちゃんととれたのだろうかとつい心配になってしまう。

『記者会見見たよ。お疲れさま。おやすみなさい』

ワイアットに返信し、雨音はソファにどさりと腰を下ろした。

さっさとシャワーを浴びて寝るか、それとも書きかけの原稿を進めるか。ぐだぐだ考えるものの体が動かず、クッションを抱いて目を閉じる。

（……ダフネって何歳だろう。三十前後ってとこかな？）

他人の年齢ほどわかりにくいものはない。だが雨音は美容オタクなので、女性の年齢についてはわりと正確に当てることができる。

ダフネは〝図書館の絞殺魔〟のターゲットのど真ん中ではなかろうか。地味で落ち着いた服装、平凡だが愛嬌のある顔立ち、身長も百六十センチくらいでアメリカでは小柄な部類に入り、大人しそうな雰囲気で犯罪者に狙われやすいタイプだ。

しかも『司書の密かな恋心』の影響で、最近ちょくちょく図書館を訪れているという。

(ニュース見たかな？　犯人が捕まるまで図書館通いをやめてくれるといいんだけど)

これだけ大々的に報道されているので知らないはずはないだろう。が、世の中にはニュースにまったく無関心な人もいる。

――自分の本のせいでダフネが犯罪に巻き込まれたら。

どんどん悪いほうへ想像が傾いていき、雨音はクッションの角を強く握り締めた。

(カフェに行って、ダフネに気をつけてってって忠告するべき？)

ラナ・カークの姿で？　それは現実的ではないアイディアだ。だが素の姿で話しかけようものなら不審な目で見られるのが落ちだし、最悪の場合ラナ・カークの正体がばれてしまう。

しばし宙を見つめ……ふいにいいアイディアが浮かんできて、雨音は勢いよく立ち上がった。

6

――翌日午前十時。

カフェ〈365〉の前に立って、雨音《あまね》はガラス越しに店内を覗《のぞ》き込んだ。

この店は七時にオープンし、九時頃まで朝食を求める客で賑《にぎ》わっている。十一時を過ぎると今度はランチの客が続々と詰めかけてくるので、混雑が苦手な雨音にとって狙い目の時間帯だ。

髪をひとつに束ねたダフネの後ろ姿が視界に入り、どきりとする。

(……大丈夫、僕がラナだってことは絶対に気づかれない)

今日はラナではなく藤村《ふじむら》雨音で、普段着ではなくビジネススタイルだ。短い髪に細い銀縁の眼鏡、グレーのスーツに白いワイシャツという無難な服装は、雨音を透明人間のようなモブに見せてくれるだろう。

カウンターには店のオーナーの中年男性がひとり。ダフネは客席のテーブルを拭いてまわっている。

(よし、今がチャンス)

大きく息を吸ってから、雨音はガラスの扉を押し開けた。

「いらっしゃいませ」

オーナーが愛想のいい笑みを浮かべる。雨音も精一杯の笑顔を作ってカウンターへ近づいた。

「すみません、このチラシを掲示してもらえませんか？」

昨夜作ったチラシを差し出す。おどおどした態度だと訝《いぶか》しまれるので、堂々と。

この店には、客が持ってきたポスターやチラシを掲示するコーナーがあるのだ。ガレージセールやアマチュアバンドのライブのお知らせ、野球のチームメイト募集、行方不明のペットの捜索願い等々、オーナーが許可したチラシが店内の掲示板にずらりと貼り出されている。

雨音が手渡したチラシに目を通し、オーナーは少々面食らった様子で顔を上げた。

チラシの内容は、ホーソーンとカルバーシティで起きた連続殺人事件への注意喚起だ。

図書館帰りの三十代の女性が狙われていること、夜間のひとり歩きを控えること、昨夜のワイアットの記者会見を簡潔にまとめ、容疑者の似顔絵と防犯カメラの静止画像も添えておいた。

「ええとこれは……失礼ですが、あなたはどういう立場でこれを？」

多分訊《き》かれるだろうと思い、対策済みだ。ショルダーバッグから名刺を取り出し——この名刺も昨夜急遽《きゅうきょ》作ったものだ——オーナーに差し出す。

「ＬＡＰＤで情報分析コンサルタントをしております。この事件はテレビやネットで大々的に報道されています。しかし関心のない層に情報が行き届かないという課題があり、今回敢《あ》えてアナログな方法での周知を実験的に取り入れることになりまして」

何度も練習したセリフを口にする。

全部が嘘《うそ》というわけではない。コンサルタントをしているのは事実で、個人的に周知活動をしているだけのこと。捜査の妨害はしていないし、悪いことをしているわけでもない。

「そうですか。指名手配や犯罪絡みの内容は掲示しない方針なんですが……」

不承不承といった様子のオーナーに、「お客さんにも配布してください。従業員にも周知をお願いします」とたたみかけ、バッグの中からチラシのコピーの束を取り出しカウンターに置く。

テーブルを拭き終えたダフネが心配そうにちらちらこちらを窺《うかが》っているのがわかり、雨音はさりげなく顔を背けた。

この注意喚起はダフネに届けるのが目的だ。オーナーの訝しげな態度のおかげで、ダフネは確実にチラシを見てくれることだろう。

(よし、任務完了)

コーヒーを注文しようと口を開きかけたところで、ふいに背後から「やあ」と声が降ってきた。心臓が口から飛び出しそうになったが、どうにか平静を装って振り返る。

「おはよう」

ワイアットに微笑《ほほえ》みかけられ、雨音はぎこちなく目をそらした。

「……おはよ。昨夜遅かったみたいだから、まだ寝てるかと」

「ああ、さっき起きたところだ。出勤前にブランチしようと思って。きみも一緒にどうだ?」

「そうだね、僕はコーヒーだけ……」

目をそらしたまま答える。後ろめたいので一刻も早くカウンターから離れたい。

できればチラシに気づかずにいて欲しいが、そうはいかないだろう。ワイアットの腰のバッジに気づいたらしいオーナーが、チラシをひらひらと振ってみせた。

「お客さんに配っておきますよ。周知は大事ですからね」

バッジの効果は絶大だ。先ほどまで気乗りしない様子だったオーナーが、満面の笑みを浮かべている。

チラシを目にしたワイアットが、軽く眉をそびやかし……。

「あ、やっぱりマフィンも食べたい。コーヒーのMサイズとブルーベリーマフィンをひとつ」

ワイアットにしゃべらせまいと、雨音は早口でまくし立てた。

「俺はコーヒーのLサイズとチーズステーキサンドを。会計は一緒で」

ワイアットが奢《おご》ってくれるらしいので、くるりと踵《きびす》を返して奥まった目立たない席へ向かう。

カウンターに背を向けて座って待っていると、トレイを手にしたワイアットがやってきてどさりと腰を下ろした。

「さて、聞かせてもらおうか」

怖くてワイアットの顔を直視できないが、声音からは怒りは感じられない。

「何を？」

息を吸い込む。

素早く見まわすと、店内にダフネの姿は見当たらなかった。居住まいを正してから、大きく
「チラシの件だ」

「勝手なことして悪いと思ってる。だけどどうしてもダフネに伝えたかったんだ。彼女は犯人のターゲット像に当てはまる。サイン会のとき言われたんだよ、僕の本の影響で最近よく図書館に行ってるって。僕のせいで彼女が事件に巻き込まれたりしたら寝覚めが悪いでしょう? この姿で直接言うわけにはいかないし、だって彼女は僕のこと知らないし、だから……っ」

声を潜めて一気にまくし立てたせいで、息が苦しくなってくる。

テーブルに置いた握り拳を、ワイアットの大きな手がそっと包み込んだ。

「落ち着け、責めてるわけじゃない」

「ほんとに?」

「ああ。だが行動に移す前に俺に相談して欲しかったね」

「僕も話すべきだったと思ってる。でもあなた忙しそうだし、昨夜も帰りが遅かったから」

「今回は目を瞑《つぶ》るが、今後は必ず俺に相談すると約束してくれ」

そう言ってから、ワイアットがふっと笑みを浮かべた。

「きみはときどきすごく瞬発力があるって言うか、思いがけない行動に走るからびっくりさせられるよ」

「……自分で言うのもなんだけど、結構いいアイディアだと思わない？」

ワイアットが声を立てて笑い、雨音の拳を包み込んだ手に力を込める。

「調子に乗るな」

「わかってるって」

周囲の目が気になって手を引っ込めようとすると、ワイアットが手首の内側を親指の腹でくすぐってきた。

「ちょっと、外ではやめてよ」

「お仕置きだ」

「マジで？　責めてないって言ったじゃん」

「責めてないさ。これは調子に乗ったお仕置き」

目を見合わせてくすくす笑っていると、足音が近づいてきたので慌てて手を振り解《ほど》く。

「あの……チーズステーキサンド、お待たせしました」

遠慮がちに言ってテーブルに皿を置いたのはダフネだった。

ワイアットと戯れていたところを見られ、さあっと血の気が引いていく。そんなつもりはなかったが、端《はた》から見ればいちゃついているように見えたかもしれない。

「ありがとう」

雨音とは対照的に、ワイアットは涼しい顔でダフネに微笑みかけている。

いちいち赤くなったり青くなったりしている自分に腹が立つが、ワイアットのようなポーカーフェイスを習得するにはまだまだ時間がかかりそうだ。

「間違ってたらごめんなさい、昨日ニュースで連続殺人事件の記者会見されてたかたですよね？」

ダフネがワイアットにかけた言葉に、雨音は軽く目を見開いた。

わざわざチラシを作らなくても、ダフネは記者会見を見ていたらしい。

「ああ、会見でも言ったが、くれぐれも気をつけて」

笑顔で頷《うなず》き、ダフネが踵を返す。彼女の後ろ姿が遠ざかってから、雨音は「チラシは不要だったね」とため息をついた。

「捜査に無駄は付き物だ。何が有益で何が無駄か、あとになってみないとわからない」

そう言って、ワイアットが豪快にチーズステーキサンドにかぶりつく。

ワイアットの口調がいつになく憂いを帯びている気がして、雨音は眉根を寄せた。

「……捜査が難航してるの？」

周囲に人がいないことを確かめてから小声で尋ねると、ワイアットが軽く肩をすくめる。

「図書館内の防犯カメラの解析をしたが、容疑者は慎重に顔を隠してた。事前にカメラの位置をチェックしたんだろうな」

「周辺のカメラは？」

「昨日から鑑識班総動員で解析中だ。被害者のあとをつけているところがちらっと映っていたが、図書館を出たあとマスクをして更に厳重に顔を隠してた」

「容疑者の顔の特定が難しそうだね。けど、三年前のフレズノの似顔絵があるじゃん」

サンドイッチをコーヒーで流し込むようにして、ワイアットが宙を見上げた。

「ああ、前歴者のデータベースと照合中だ。三年前にもフレズノ警察が調べて顔の特徴が似ている人物を四人取り調べているが、いずれもシロだった。が、これも新たな目で精査したほうがいいだろうな」

一拍置いてから、ワイアットが続ける。

「何より大事なのは次の犠牲者を出さないことだ。ＬＡ中の図書館に警戒を促したし、パトロールの態勢も強化した。記者会見があちこちで報じられてるから、犯人も警戒してしばらくは動かないだろう」

なるほど、あの記者会見は市民への注意喚起とともに犯人を牽制《けんせい》する意味もあったのか。

一刻も早い犯人の逮捕と、これ以上の犠牲者を出さないこと。捜査の指揮を執るワイアットの両肩にずしりとのしかかる重圧が見て取れて、思わず雨音は身を乗り出した。

「手伝いに行こうか？　僕に何かできることは？」

「ありがとう。珍しく人手が足りてるから大丈夫だ」

榛色《はしばみいろ》の目を眩《まぶ》しげに瞬《またた》かせ、ワイアットがふっと口元に笑みを浮かべる。

「きみの手を握りたいところだが、ダフネがこっちを見てる」

「えっ？」

ワイアットを見つめたまま硬直し、慌てて視線をそらす。

まさか、ラナ・カークだとばれたのだろうか。

いや、それはない。今の自分とラナが同一人物だと気づく人はいない——目の前に座る男を除いて。

(ダフネは前にもワイアットに見とれてたし、多分好みのタイプなんだろうな)

ダフネは知る由もないが、ワイアットこそが彼女の愛読書『司書の密かな恋心』のヒーローのモデルでもある。

ワイアットが女性から熱い眼差《まなざ》しを向けられることにはすっかり慣れたが、慣れたからといって何も感じないわけではない。毎回胸の奥が嫌な感じに痛むのはどうしたものか。

「……まだ見てる？」

「いや、もう見てない。立て続けに客が来たから対応に追われてるよ」

サンドイッチを平らげて腕時計に目をやり、ワイアットが「俺もそろそろ行かないと」と腰を浮かせた。

「行ってらっしゃい。帰りが遅くなっても遠慮せずご飯食べに来てよ。僕も一時くらいまでは起きてるから」

「ああ、きみの部屋の明かりがついてたらノックするよ」

飲みかけのコーヒーカップを手に、ワイアットが風のように去って行く。

その後ろ姿を見送って、雨音も急いでマフィンを食べてコーヒーを飲み干した。

(目的は果たせたし、長居は無用！)

カウンターでドリンクを作っているダフネを横目に、店をあとにする。

要請があればすぐにＬＡＰＤに駆けつけることができるように自宅待機しておいたほうがいいだろう。小説を書きながら、カレーかシチューを煮込むとか。

頭の中で冷蔵庫と野菜ストッカーを開き、食材が揃《そろ》っていることを確認して、雨音は帰路を急いだ。

7

二月の最後の昼下がり、春めいた日差しを受けて、アスファルトに影が落ちている。長い髪が風にそよいでいる自身の影に、雨音はうっとりと見入った。

今日はちょっと冒険して、女装での初のパンツスタイルに挑戦した。普段も穿《は》いているスキニージーンズにオフショルダーの黒いニットを合わせ、足元はこれも普段履きの白いスニーカーだ。

腰から下は雨音のときと同じなので少々不安もあったが、ニットがオーバーサイズなので腰回りが完全に隠れるし、骨格が華奢《きゃしゃ》なので肩を出しても違和感はなかった。

（マニキュアもいい感じに塗れたし、完璧じゃない？）

近所の食料品店に行くだけなのでおめかしする必要はまったくないのだが、原稿が思うように進まないのでラナ・カークになりきって気分転換を図ることにした。雨音の場合、執筆速度は気分に大きく左右されるので、こういう試みは結構効くのだ。

機嫌良く歩いていると、背後からけたたましいサイレンの音が近づいてくる。

振り返ると、猛スピードでパトカーが駆け抜けていった。

（もしかして連続殺人事件絡み？）

だといいのだが。

ワイアットが記者会見をしたのが三日前のこと、あれから捜査に目立った進展はない。残念ながら防犯カメラからは犯人の特定に結びつくような情報は得られず、フレズノの似顔絵のほうも行き詰まっているらしい。図書館と周辺の防犯カメラの映像が残っておらず、当時取り調べを受けた四人の男性は、今回のＬＡの事件当時のアリバイが確認できたという。

フレズノの件に関しては、ワイアットが珍しく怒りを露《あら》わにしていた。

『調書が杜撰《ずさん》でびっくりしたよ。記録がいい加減ってことは、捜査もいい加減だったってことだ。当時別の大きな事件があって手が回らなかったと言い訳してたが、忙しいのはいつものことだろう』

アメリカでは毎年驚くほど多くの殺人事件が発生している。警察も人員と予算に限りがあり、一件一件丁寧に対応していられない――という事情もわからなくはない。だが現場をよく知るワイアットが苦言を呈したということは、よっぽど目に余る状態だったのだろう。

目的地の食料品店にたどり着き、雨音は駐車場を横目に入り口へ向かった。

買い出しはたいていワイアットと車で大きなスーパーに行くのだが、徒歩圏にあるこの店も結構気に入っている。こぢんまりした店ながら品揃えが雨音の好みに近く、足りない物があるときすぐに買いに行ける距離なのもありがたい。

「それ以上近寄らないで！」

「――⁉」

いつものように買い物カートを取りに行こうとしたそのとき、女性が叫ぶ声が耳に飛び込んできた。驚いて振り返ると、駐車場の隅で男性と女性が向かい合って立っているのが見える。

（喧嘩《けんか》？）

一緒に買い物に来たカップルか、それとも買い物客がカートがぶつかったとか車を擦《こす》ったとかで揉《も》めているのだろうか。

こういう場合、迂闊《うかつ》に首を突っ込むのは危険だ。店の従業員に任せたほうがいい。

そう考えて踵を返す寸前、女性の横顔が見えてぎくりとする。

――ダフネだ。

先日出版社で会ったときと同じ服を着ているので間違いない。彼女の勤務先の〈３６５〉とは反対方向なのでまさか鉢合わせするとは思わなかったが、同じエリアに住んでいればこういった事態も充分予想できたはず。

「あなたとはもう会わないって言ったでしょ！」

ダフネが男にぴしゃりと言い放つ。

くぐもった声で何か言い返しながら、男がダフネに詰め寄り――。

「……っ！」

男がダフネの腕を摑《つか》んだとたん、雨音の体が弾《はじ》かれたように動いた。ふたりのもとへ駆け寄り、威嚇するように声を張り上げる。

「ちょっと何してるの⁉　まさか女性に暴力を振るってるの⁉」

男が驚いたように目を見開き、ダフネを掴んでいた手を離してあとずさった。

「誤解だ。俺はただ……」

「今すぐここから立ち去って！　これ以上彼女につきまとったら警察を呼ぶわよ！」

スマホを振りかざして叫ぶと、男は慌てて回れ右して走り去っていった。

――あとから思えば、丸腰で喧嘩の仲裁に入ったのはかなりまずい判断だった。もし男が銃を持っていたら……考えただけで全身から冷や汗が噴き出す。

「大丈夫？」

振り返ってダフネを見下ろすと、ダフネがこくこくと頷いた。

男に腕を掴まれたショックが残っているのだろう。全身を硬直させ、視線だけ忙《せわ》しなく左右に揺れている。

気づくと雨音の心臓もどくどくと早鐘を打っていた。今になって恐怖が込み上げてきたのか、脚が小刻みに震えている。

「とりあえず座りましょう」

店の前に置かれたベンチを指すと、ダフネがようやく我に返ったように「ええ」と声を出した。ふたりでよろよろとベンチにたどり着き、どさりと腰を下ろす。

「……あの、本当にありがとう。まさか私の大好きな作家に助けてもらえるなんて」

「私もびっくりよ。さっきの男、知り合い？」

ダフネが視線を地面に落とし、力なく頷いた。

「マッチングアプリで知り合ってデートした相手なんです」

そう言ったきり黙り込んだので、慌てて「立ち入ったこと訊いてごめんなさい。話したくなければ話さなくていいのよ」と声をかける。

ダフネが振り返り、雨音の目を見て小さく微笑んだ。

「いえ、いいんです。マッチングアプリなんて夢がなさすぎて嫌になっちゃうけど、これが現実だから」

ふっと息を吐いてから、ダフネがぽつぽつと語り始める。

「最初のデートでは印象がよかったんです。十歳年上で落ち着いた感じで、読書とハイキングっていう共通の趣味があるから話も合いそうで。だけど二回目のデートのときになんかちょっと……偉そうな態度が鼻について、また会おうって誘われたけど断ったんです。そのときは怒ったりせずに引き下がってくれたんだけど、数日後に私が働いてるカフェに現れたの。勤務先も住所も教えてないのに、やあ偶然だねって」

「それって偶然じゃなさそうね」

思わず顔をしかめると、ダフネが頷いた。

「三十分くらいで帰ってくれたからホッとしてたんだけど、仕事が終わって帰ろうとしたら裏口で待ち構えてて、もう一回チャンスをくれないかって。そのときは恐怖より腹立たしさが上回って、『どうやって私の勤務先を突きとめたの？』って咎《とが》めたら、すごい剣幕で怒り出して」

先ほどの男の様子から容易に想像がつく。人目があるところでは優しげに振る舞い、ふたりきりになると態度を豹変《ひょうへん》させるタイプだ。

「暴力を振るわれたの？」

「いいえ、店長が気づいてくれて、うちのスタッフにつきまとったら通報するぞって止めてくれたんです。それ以降は姿を見せなくなったから安心してたんだけど」

ため息をついて、ダフネが膝の上で両手を握り合わせる。

「買い物に来たら駐車場で声をかけられて、また偶然会えたみたいなこと言ってたけどそんなのありえない。仕事が終わってカフェからここまで歩いてきたんだけど、多分あとをつけられてたんだと思う」

「今すぐ通報するべきね」

雨音の言葉に、ダフネが力なく首を横に振った。

「勤務先に来たとか出先で待ち伏せされた程度じゃ警察は動いてくれないわ。前に同僚がストーカーされてたんだけど、接近禁止命令を平然と無視するような男で、結局同僚は逃げるように遠くに引っ越していった。自分でどうにかするしかないのよね」

「確かに警察も実害がないと動けない。でもそういうやばい男って叩《たた》けば埃《ほこり》が出ることが多くて、他州で事件を起こして指名手配中だったたってケースがあったたって」

以前ワイアットから聞いた話だ。ＤＶの現行犯で逮捕した男の指紋を照合すると、殺人容疑で指名手配中の人物だった、ということがあったらしい。

ダフネが怯《おび》えたように肩を震わせたので、慌てて雨音は彼女のほうへ向き直った。

「とにかく、警察には届けておいたほうがいい。今すぐには無理でも、気持ちが落ち着いてからで構わないから」

視線を上げ、ダフネが雨音の顔をじっと見つめる。

この距離はちょっとまずい。あまり間近で見つめられると、ラナ・カークの仮面が剝がれて素の自分が出てしまいそうだ。

すっくと立ち上がって、雨音はラナになりきって髪を後ろへ払った。

「とりあえず買い物しましょう。私と一緒なら、あの男も近づいてこないだろうし」

「……いいの？　迷惑じゃない？」

よろけながら立ち上がったダフネが、目をぱちくりさせる。

「私の大切な読者を危険な目に遭わせるわけにはいかないわ」

そう言って、雨音はにっこりと微笑んだ。

自分でも驚いたことに、これはまごうことなき本心だ。読者であり生活圏の顔見知りでもある彼女のことが心配で、迷惑だなんて思わなかった。

以前ワイアットに『きみは困った人を放っておけないタイプだな』と言われたことがある。

そのときは『僕はそんなお人好《ひとよ》しじゃないよ』と反論したのだが、他人と距離を置いてきた自分にも僅かながら〝お人好し〟な部分があったということだろうか。

（なんか調子狂うけど……）

ダフネの横顔を見下ろし、胸がじんわりと温かくなる。

マデリンとジェイクの物語を愛してくれている人に、自分も何か返したい。それがなんなのかわからないが、少しでも彼女の助けになれたら。

「さて、今夜は何を作ろうかな」

カートを押しながら、雨音はちょっとだけ素に戻って独りごちた。

8

――三月一日、午後三時。ＬＡＰＤ本部ビルの強盗殺人課のフロアには、重く淀《よど》んだ空気が立ちこめていた。

日差しは明るいし空気清浄機が壊れているわけでもない。捜査の行き詰まりが、ワイアットの気分をどんよりと曇らせているのだろう。

捜査班の面々とは対照的に、ＬＡ市民は早くもこの事件を忘れかけているように見える。それも仕方あるまい。ＬＡでは日々新たな事件が起きているし、皆それぞれの生活に追われて忙しい。

「ケンプ」

ルッソに名前を呼ばれ、フレズノ警察の調書を読んでいたワイアットは顔を上げた。

「お待ちかねの資料が来たぞ。似顔絵と特徴が似ている前歴者、十年分のデータだ」

デスクにどさりと置かれた箱に、思わずため息が漏れる。

「二十人……せめて三十人以下だと嬉《うれ》しいんだが」

「百五十八人だってよ。上位十五名が顔、身長、年齢層が目撃証言に近く、それ以下は顔、身長、年齢層のいずれかが合致せず」

「まずは上位十五名を丹念に洗う作業だな」

箱から優先と書かれたファイルを取り出し、「半分頼めるか?」とルッソを見やる。

「俺とホークスが四人ずつやるよ。もうすぐシャルマが帰ってくるから十位以下は彼に頼もう」

「そうしてくれると助かる」

八名分のファイルを手渡し、ワイアットは何度も繰り返し読んだフレズノ警察の調書を脇に押しやった。

ファイルを開き、数行目を通したところで今度は内線電話が鳴り響く。

「はい」

『ケンプ刑事、あなたと面会したいという女性が受付に来ています。名前はダフネ・ラムジー、連続殺人事件に関する情報を提供したいと』

「ダフネ?」

ひょっとして、あのカフェの店員だろうか。

昨日雨音が近所の食料品店で鉢合わせし、ストーカー男を撃退したあと一緒に買い物して、彼女のアパートまでタクシーで送り届けたという話を聞いたばかりだ。

「わかった、すぐ行く」

受話器を置いて、ワイアットは強盗殺人課のフロアをあとにした。階段を駆け下りて受付に急ぐと、見覚えのある小柄な女性の後ろ姿が目に入る。

「お待たせしました、ケンプです」

ダフネが振り返り、緊張した面持ちで「お仕事中にすみません」と口にした。

「いえ、事件のことでしたら歓迎ですよ。こちらへどうぞ」

ロビーの片隅、椅子と小さなテーブルが置かれているスペースに案内する。

椅子に腰を下ろしたダフネは、姿勢を正してワイアットを見据えた。

「ダフネ・ラムジーといいます。グレンデールの〈365〉っていうカフェで働いていて、店で何度かあなたを見かけたことがあります」

「でしょうね。行きつけの店だから」

笑みを浮かべてみせ、胸ポケットから手帳とペンを出してテーブルに置く。

「最初に謝っておきます。事件の情報提供だと言いましたけど、個人的な話です」

ダフネの言葉に、ワイアットは軽く眉をそびやかした。

嫌な予感が押し寄せてくる。事件の関係者から秋波を送られるのはよくあることだが、断るのに多大なエネルギーを要するので勘弁して欲しいのだが。

しかしダフネの口から飛び出したのは、まったく予想もしなかった言葉だった。

「あなた、ロマンス作家のラナ・カークさんとつき合ってますよね」

職業柄、ワイアットは少々のことでは動じない自信がある。けれど不意打ちのこれには内心かなり動揺してしまった。

〈365〉で女装姿の雨音といちゃついた覚えがあるので、そう思われるのはわかる。だが、わざわざそれを言いに来たのはなぜだろう。

ここは様子見することにして、ワイアットは肯定も否定もせずダフネの言葉の続きを待った。

「私、彼女の大ファンなんです。小説だけじゃなくて人柄も大好きだし、恩人でもあるの。だから彼女を傷つけるような真似《まね》をやめて欲しくてここに来ました」

数回咀嚼《そしゃく》しても理解できず、諦めて両手を広げてみせる。

「悪いが話が見えない」

「あなた、ラナの他にアジア系の若い男性ともつき合ってるでしょう」

ダフネに睨《にら》みつけられ、ようやくワイアットは彼女が大いなる誤解をしていることに気づいた。

「二股を掛けるのはやめて。赤の他人の私が言う筋合いじゃないけど、あんなに優しくて素敵な人を裏切ってるなんて許せない。ああもう、だから男って信用できないのよ。ばれなきゃいいって思ってるんでしょう?」

次第に感情を高ぶらせてまくし立てるダフネを、「ちょっと待ってくれ」と手で制する。

「誤解だ。俺がつき合っているのは男のほうで、ラナは……彼のお姉さんなんだ」

「お姉さん?」

咄嗟《とっさ》の言い訳に、ダフネは疑い深そうな表情を崩さなかった。恋人の姉とあんなふうにいちゃつくなんてあり得る？　とでも言いたげだ。

「家族ぐるみのつき合いだし、俺が彼とつき合うときに力になってくれたから」

「あなたがお姉さんとふたりきりで会ってるのを、恋人は知ってるの？」

「もちろん。ああ、ちょうどよかった、雨音！」

エントランスのドアが開いて雨音が入ってきたのが見えて、ワイアットは立ち上がって手を振った。

雨音が——もちろん普段の男の姿だ——驚いたように立ちすくむ。

今朝ベッドで『もし時間があったら手伝いに来てくれないかな』と尋ねたときは『行けたら行く』という返事だったが、時間をやりくりして来てくれたらしい。

——なんでダフネがここに⁉　まさか僕がラナ・カークだってばれた⁉　だったらなんで僕じゃなくてワイアットに会いに来てるの⁉

驚きのあまり固まっている雨音の心の叫びが、はっきりと伝わってきた。

目で「大丈夫だ、俺に任せて」と伝えつつ手招きすると、雨音が用心深い野良猫のようにおずおずと近寄ってくる。

「彼女のことは知ってるかな？　〈365〉のスタッフのダフネだ」

「うん……知ってる。話したことはないと思うけど」

雨音の眼球が、面白いくらいに激しく左右に揺れていた。

動揺するのも無理はない。つい昨日、ストーカーから助けて一緒に買い物までしたダフネと、別人のふりをして対峙《たいじ》せねばならないのだから。しかも心の準備時間ゼロ、雨音にとっては多大なストレスだろう。

「ダフネはラナ・カークの熱心なファンで、俺がきみとラナに二股を掛けてると思って抗議しに来たんだよ。俺がつき合ってるのはきみで、ラナはきみのお姉さんだと説明してたところだ」

激しく動揺しているが、状況は把握できたらしい。雨音が希少な愛想を総動員してぎこちない笑顔を作った。

「そうなんですか。姉のために心配してくださったんですね」

「ああ。前に話しただろう、〈365〉で偶然ラナと会って相席したって。それが思いがけない誤解を生んだってわけだ」

言いながら、さりげなく雨音の肩を抱き寄せる。

触れたとたん肩がびくっと震えたので、ワイアットは宥《なだ》めるように優しく二の腕をさすった。

雨音にとっては逆効果だろうが、スキンシップのチャンスを逃すつもりはない。今朝もう少しベッドでいちゃつきたかったのに逃げられたので、これはちょっとした意趣返しだ。

「えっと……出しゃばった真似してごめんなさい。けど、どうしても黙っていられなくて」

恥ずかしそうに言って、ダフネが立ち上がる。

「いいんだ。きみがラナを案じてのことだってわかってるよ」

「ほんとにごめんなさい。前に友達の彼氏が浮気してる現場を見ちゃって、だけど友達を傷つけたくなくて黙ってたことがあって、結果的に友達を失うことになったんです。知ってたならもっと早く教えて欲しかったって散々責められて」

一気にまくし立てて、ダフネはふっと息を吐いた。

「ご迷惑でしょうからもう失礼するわ。あの、どうかまたカフェに来てくださいね。今後はプライベートに立ち入らないって約束します、本当に」

くるりと踵を返し、風のように立ち去っていく。

その後ろ姿を見送って、ワイアットはまだ緊張で固まっている雨音を見下ろした。

「いや参ったよ、まさか彼女に見られていたとは」

「だから言ったじゃん、外ではいちゃいちゃしないでって」

ようやく我に返ったらしい雨音が、唇を尖《とが》らせながらワイアットの腕を振り解く。

耳が真っ赤になっているのがなんとも可愛《かわい》くて、ワイアットは込み上げてきた笑いを噛《か》み殺した。

「きみが普段の姿のときはいちゃいちゃして、ラナのときは他人行儀に振る舞おう。こういうのはメリハリをつけたほうが印象に残りやすいんだ」

「もうラナの格好では出歩かない。NYのサイン会まで封印する」

「ま、そのほうが無難だな。さて、仕事に戻るか」

再び雨音の肩に手を掛けようとするが、猫のようにするりとかわされてしまった。

◇◇◇

情報分析室のパソコンのモニターに、防犯カメラの映像が映し出されている。粗い映像を目で追いながら、雨音は眉根を寄せた。

今日雨音に課された任務は、レベッカとジェニファーが訪れた図書館の防犯カメラの映像の解析だ。

『犯人は事前に下調べに来ている可能性が高い。事件の一ヶ月前に遡って似顔絵の男がいないか探してくれ』

かれこれ三時間になるが収穫はゼロ、単調な映像を見続けていると、ついつい思考が雑念に侵食されてしまう。

(今日はほんと、一ヶ月くらい寿命が縮んだ気がする)

まさかダフネが、ワイアットに抗議するためLAPDに乗り込んでくるとは。

ちょっとテンションが高いタイプではあるが、あのような大胆な行動力も持ち合わせていたとは意外だった。

おそらく自分は鳩《はと》が豆鉄砲を食ったような顔をしていたのではないか。ワイアットがうまく対応してくれたおかげで事なきを得たが、ひとりだったら完全にしくじっていた気がする。

（あれで納得してくれてたらいいんだけど）

防犯カメラの映像を眺めつつ、雨音はダフネの行動に思いを馳《は》せた。

もし自分がダフネと同じ立場だったとして、ＬＡＰＤに乗り込んで強面《こわもて》の刑事相手に浮気を咎めるなんてできるだろうか。家族や親友ならともかく、何度か会っただけの好きな作家のために。

（正直で誠実でありたいと思っての行動なんだろうな……）

心配してくれるのはありがたいが、ダフネのほうこそ心配だ。あのストーカー男の件は警察に届けたのだろうか。

（あの男、またカフェの周辺をうろつくようだったら、僕が持ってるスキルを駆使して身元を突き止めてやる）

ストーカー男の撃退法をあれこれ考えていると、閉館時間になってモニターの映像が途切れた。立ち上がってストレッチ体操をしていると、ノックと同時にドアが開く。

顔を覗かせたのは、ワイアットだった。

「ちょっといいか？」

「いいよ。何？」

ワイアットがテーブルにノートパソコンを置き、指でとんとんと叩く。

「三年前の未解決事件の被害者のパソコンを調べて欲しい。当時もフレズノ警察が調べて手がかりなしと判断したが、新しい目で見て欲しいんだ」

「了解。ちなみに図書館の防犯カメラのほうは二週間分チェックしたけど収穫なし」

「そっちは一旦ストップして、先に被害者のパソコンを見てくれ」

頷いて、雨音は古い型のノートパソコンを開いた。

隣に座ったワイアットが、雨音の椅子の背に手をかける。ちょっと距離が近すぎる気がするが、肩に手をまわされたわけではないので、目くじらを立てるのは保留にした。

「メールやドキュメントなんかは当然精査済みだよね」

「多分。ちなみにこのパソコンの持ち主のドナ・スミスもマッチングアプリを使っていた。が、報告書によるとデートした相手は皆アリバイがあり、そもそも似顔絵とまったく似ていなかったと」

「ふうん……じゃあネットの閲覧履歴を見てみるかな」

ニュースや動画配信サイト、各種ＳＮＳといったありきたりな履歴だったが、ドナが頻繁に通販サイトを閲覧していたことに雨音は興味を惹《ひ》かれた。

受信メールフォルダを見ると、購入や発送のお知らせがいくつか残っている。幸いドナはデスクトップに各種パスワードの一覧を残しており――セキュリティ対策的には実にまずいやり方だ――すぐに購入履歴にアクセスすることができた。

「この犯人は本当に好みが一貫してるね。レベッカ、ジェニファー、ドナ、三人とも服のセンスが同じ」

ワイアットが身を乗り出し、購入履歴に並んだ服の画像を見て眉根を寄せる。

「この数着でわかるのか？」

「まあね。服の趣味なんて人それぞれだし否定するつもりはないけど、他にもっと似合う服があるのによりによってこれ？　って感じなところが」

「俺にはわからんが、きみがそう言うならそうなんだろうな」

「犯人の好みがわかったところであんまり役に立ちそうにないけどね。未解決事件の中に服のセンスが似てる犠牲者がいた場合、同じ犯人の可能性があるってくらい？」

自分で言ってからはっとし、雨音はワイアットのほうへ振り向いた。

「ねえちょっと怖いこと訊くけど、この犯人による犠牲者は三人だけだと思う？」

ワイアットが険しい表情で腕を組む。

「だと願いたいね。ＦＢＩに協力を要請して全米に範囲を広げてデータを照会してもらったが、今のところ手口や被害者のタイプが重なる未解決事件は見当たらない」

「フレズノの事件が三年前……この三年間殺してないのに、最近になって立て続けに殺してるのはどうしてだろう」

雨音の疑問に、ワイアットがドナのパソコンに目を向けた。

「それについてはいくつか仮説が立てられる。ドナを殺すことが目的で、彼女を殺して満足していた。だがもう一度あのスリルを味わいたいという欲望が芽生え、抑えられなくなった」

「もしくは、最初の殺人で何か失態をやらかして息を潜めてた。けどバレなくて自信がついて、今度は入念に準備して第二第三の犯行に及んだ……とか？」

「いちばんありそうなのは、服役や病気などで殺したくても殺せなかった、だな」

無意識にワイアットを見つめていた雨音は、ここがワイアットの職場だということを思い出して慌ててパソコンに視線を戻した。

「それ、前にも言ってたよね。長年追ってた容疑者が別の事件で逮捕されて服役中だったたってパターンが意外と多いって」

「ああ。だがこの三年の間にカリフォルニア州の刑務所に服役していた人物を当たろうにも手がかりが少なすぎるんだ。映像は背格好がわかるだけで、顔は司書の目撃証言だけ。まったく、八方塞がりだよ」

ため息をつきながら、ワイアットが軽く目を閉じる。

疲れたその表情を見やり、雨音は立ち上がって情報分析室の中をうろうろと歩きまわった。

このもどかしい感じは、小説の執筆中にアイディアが降りてきそうで降りてこないときとよく似ている。

　こんなとき、雨音は頭の中で登場人物を呼び集めて話し合いをさせることにしている。ひとりひとりのキャラクターに明確なイメージがあるので、好き勝手にしゃべらせて化学反応を観察するのだ。

　いつもは暖炉のある居心地のいい部屋を想像するのだが、ここは強盗殺人課の会議室がいいだろう。

　殺風景な部屋に、写真で見たレベッカ、ジェニファー、ドナが並んで座っている。テーブルを挟んだ向かい側にワイアットを始め捜査班のメンバー、そしてワイアットが会ったという図書館の館長やジェニファーのルームメイト、ドナの読書クラブのメンバーなどを適当に想像して座らせる。

『関係者は全部揃ってる？』

　高校教師のレベッカが、生徒たちに問いかけるように尋ねた。

『ええ、犯人以外はね』

　ジェニファーが肩をすくめ、そっぽを向く。

『私が犯人と話してるところを見かけたっていう司書は？　この集まりには欠かせないメンバーよね？』

　ドナが一同を見まわして尋ねたところで、雨音ははっと我に返った。

「ねえ、唯一の目撃者の図書館司書ってどんな人？」

ワイアットが振り返り、「事件当時四十歳、独身、勤続十七年」と答える。

「一度会って話を聞こうとしたんだが、退職して別の町に引っ越したそうだ。連絡先がわかり次第知らせてくれることになってるんだが」

「名前は？」

「トレイシー・ミッチェル」

「男性？　女性？」

雨音の質問に、ワイアットが弾かれたように立ち上がった。

「えっ？　どうしたの？」

「ちょっと待っててくれ」

情報分析室を飛び出したワイアットが、一分もしないうちにファイルを摑んで戻ってくる。

「男だ。今の今まで女性だと思い込んでた」

「ユニセックスな名前だもんね。僕もトレイシーって聞いたら女性を思い浮かべるよ」

「名前もそうだが、図書館司書といえば女性だという思い込みがあった。くそ、こういう先入観がいちばん駄目なのに」

「あなたが司書イコール女性ってイメージしちゃうのは、僕の小説にも責任の一端がありそう」

言いながら、雨音はインターネットの検索窓に『トレイシー・ミッチェル　司書　カリフォルニア州』と入力した。

検索結果にフレズノの図書館で開催されたイベントの記事がいくつか引っかかったが、写真がない。

「ねえ、そのファイルの中にトレイシーの写真はある？」

「ない。普通はこんな重要な目撃証言をした人物は写真付きの資料を残すものだが、いい加減なもんだ」

残念ながら珍しいことではない。多忙や怠慢から、証拠品の紛失や情報の記載漏れなどのミスが多発しているのが現状だ。

いつもなら深追いはしないのだが、ここまで来たら顔を確かめたくなり——写真があったほうが脳内の登場人物ミーティングのイメージが掴みやすいので——雨音は「免許証の写真、見せてもらえる？」と口にした。

「ああ。ついでに目撃者として信頼できる人物か、経歴も調べたほうがよさそうだ」

ワイアットがパソコンに向き直り、免許証の情報にアクセスするためＩＤとパスワードを入力する。

外部コンサルタントの雨音には、機密情報へのアクセス権がない。その気になればアクセスできなくもないが、余計な波風は立てないほうが賢明だろう。

「同姓同名が五人、男性はひとり、年齢も一致してるからこの人物で間違いない」

ワイアットが名前をクリックし、モニターに免許証が大写しになる。

顔写真を見た雨音は、思わず「嘘でしょう⁉」と声を上げた。

「どうした？」

「この人！　ダフネにつきまとってるストーカー！」

「なんだって⁉」

ワイアットがさっと顔色を変え、素早くキーボードを叩く。〈365〉の電話番号を調べてかけるまでほんの数秒、その間雨音はトレイシー・ミッチェルの顔写真を見つめたまま茫然《ぼうぜん》と固まっていた。

（どういうこと⁉　いや、落ち着いて情報を整理するんだ）

三年前の事件の唯一の目撃者トレイシー・ミッチェルが、マッチングアプリで知り合ったダフネにつきまとっている。

ダフネは〝図書館の絞殺魔〟の好みのタイプ。

トレイシーが目撃したという長身の若い男性は他の誰も見ておらず、今日に至るまで発見されていない。

――似顔絵の男はトレイシーが作り出した架空の人物だ。自分に疑いが向けられぬよう、自分と正反対の風貌を述べて警察を欺き――。

「こちらLAPD、そちらの従業員のダフネ・ラムジーと話したい。緊急の用件です」

ワイアットの声に我に返り、雨音は祈るように両手の拳を握り合わせた。

どうかダフネが無事であって欲しい。

「休み？　本人の携帯番号と自宅の住所を教えてください」

ワイアットが資料の余白に電話番号を書き殴る。ワイアットが住所を書き終える前に、雨音は自分のスマホでダフネに電話をかけた。

「だめだ、電源が入ってない」

「きみはここにいてくれ。ダフネのアパートに行ってくる」

情報分析室のドアを開け、ワイアットが「みんな集まってくれ！」と同僚を呼び集める。

ワイアットの声にただならぬ気配を感じたのだろう、ルッソ、ホークス、シャルマが即座に駆け寄ってきた。

「トレイシー・ミッチェル、三年前フレズノの図書館で犯人の目撃証言をした男だ。現在ダフネ・ラムジーというこれまでの被害者とよく似たタイプの女性にストーカー行為をしている」

「つまりあの似顔絵はでっち上げってわけか」

ルッソたちはすぐに状況を理解したようだった。ワイアットが皆を見まわし、現時点で必要最小限の情報をてきぱきと伝えていく。

「ダフネはグレンデールの〈365〉というカフェの従業員で、今日は仕事が休み。午後三時頃、俺に面会するためここに来たが、その後どこへ行ったか不明で携帯も繫《つな》がらない。俺とシャルマはダフネのアパートへ行く。きみたちはトレイシー・ミッチェルの自宅を頼む」

「了解」

モニターに映った免許証を撮影して、ルッソとホークスがあっというまに階段を駆け下りていった。

「雨音、トレイシーの現在の職場を突きとめて捜査班全員にメールしてくれ」

「わかった」

ワイアットとシャルマも、雨音が返事をするかしないかのうちにフロアをあとにする。

ふたりの後ろ姿を見送ると、雨音はくるりとフロアに背を向けて目を閉じた。

（どうかみんな無事で）

両手を握り合わせて小さく祈る。

神を信じているわけではないが、捜査を手伝うようになってからいつのまにかこうして祈るのが習慣になってしまった。

仕事を手伝いに来るたび、ワイアットが危険な仕事をしていることを実感させられる。それについて考えると胸が苦しくなるのだが、自分にできることをするしかない。

もう一度ぎゅっと両手を握り合わせてから、雨音はトレイシーの職場を突きとめるべくパソコンに向き直った。

◇◇◇

日が暮れたグレンデールの中心部を、サイレンを鳴らしながらパトカーが駆け抜けていく。

シャルマが運転するパトカーの助手席で、ワイアットは険しい表情で見慣れた風景を見つめていた。

（どうか間に合ってくれ）

現場に向かうとき、ワイアットはいつもそう願っている。残念ながら手遅れの場合も多いが、被害は最小限にとどめたい。

パトカーに乗ってまもなく、雨音からトレイシーの現在の勤務先が送られてきた。ダウンタウンのショッピングモールの警備員――図書館の司書が警備員に転身した理由について思いを巡らせていると、続報が届いた。

『フレズノの事件の半年後、トレイシーは同僚へのセクハラで解雇されてる！』

目撃証言をした男がセクハラで解雇されたというのに、調書には記載がなかった。フレズノ警察はトレイシーの解雇を把握していないのか、それとも記載漏れか。

「あれだ、あの青い建物」

角を曲がったところで目的のアパートが見えて、ワイアットは身を乗り出した。

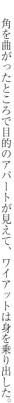

シャルマが路肩にパトカーを停《と》める。助手席から降り立ったワイアットは、アパートのエントランスへ急いだ。

年代物のアパートにオートロックはなく、階段を駆け上がって二階のドアの前で銃を構える。シャルマが立て続けに呼び鈴を鳴らすと、まもなくドアの向こうから怪訝《けげん》そうな女性の声が「どなた？」と応答した。

「LAPDです。ダフネ・ラムジーさん？」

「いいえ、私はルームメイトです。ダフネがどうかしたの？」

チェーンを掛けたドアが薄く開き、ヒスパニック系の若い女性が怖々と尋ねる。

「ストーカーの件です。ダフネの行き先をご存じですか？」

言いながらバッジを見せると、ルームメイトの女性はチェーンを外してドアを開けた。

「今夜はイベントに行くって言ってた。本の朗読会とかそういう……ちょっと待って」

いったん部屋の奥に引っ込み、彼女がフライヤーを手に戻ってくる。

「これよ。私も誘われたんだけど、興味なくて断っちゃったの」

「ありがとう」

フライヤーを引ったくるようにして、ワイアットは階段を駆け下りた。

「ウエストウッドのブックストアだ」

パトカーに戻り、フライヤーの住所をナビに入れる。

「ブックストア？　図書館じゃないから警戒せずに出かけたんでしょうね」

運転席に座ると同時にエンジンをかけ、シャルマが顔をしかめた。

「朗読会は十九時から二十時まで。終わるまでにたどり着けるといいんだが」

「任せてください」

シャルマがアクセルを踏み込み、車体が大きく揺れる。急いでシートベルトを締めたところで、ルッソから電話がかかってきた。

『トレイシーの家は留守だった。これから職場のモールに向かう』

「予定変更だ。ウエストウッドに向かってくれ。ダフネはブックストアでの朗読会に出かけてる。ブックストアの場所をメールする」

『了解』

――グレンデールを出るまで、車は順調に流れていた。が、ほどなく渋滞にはまってしまい、ウエストウッドに到着したときには二十時をまわっていた。

パトカーが停車すると同時に、ワイアットは助手席から飛び降りた。ブックストアの扉を押し開けて中に入ると、レジにいた年配の女性が「こんばんは」とにこやかに微笑みかけてくる。

「LAPDです。朗読会は？」

バッジを見せて尋ねると、女性が驚いたように目を丸くした。

「ええっ？　警察のかた？　何かあったんですか？」

「朗読会の参加者を捜してるんです。この女性は参加してました?」

雨音がどこからか見つけて送ってくれたダフネの写真を見せると、彼女は眼鏡を外してスマホの画面に目を近づけた。

「ええ、来てました」

「どこです?」

「えっ? 朗読会が終わったので帰りましたよ」

女性が店の奥のイベントスペースを手で指し示す。数人の男女が残って談笑しているが、ダフネの姿はなかった。

一歩遅かった。渋滞を呪いつつ、「誰かと一緒でしたか」と尋ねる。

「ひとりでした。朗読会の参加者は毎回だいたい同じメンバーで、この女性は初参加だったからちょっと居心地悪そうだったわ」

「最寄りのバス停はどこです?」

「店を出て左へ直進です。歩いて五分くらい」

最後まで聞き終わらないうちに店を飛び出し、ワイアットはバス停に向かって走った。

シャルマがパトカーで追いかけてきて、「乗ってください!」と叫ぶ。

「いや、きみは先にバス停へ行ってくれ! 俺は脇道をチェックしながら行く!」

「了解です!」

ブックストアのある通りは、レベッカが殺された現場と雰囲気が似ていた。

商業地域だが、空き店舗が多く閑散としている。二十時をまわったばかりなのに、深夜のような静けさだ。

脇道や建物と建物の間を懐中電灯で照らしながら走り、バス停にたどり着く。

向こうから走ってきたシャルマが、息を弾ませながら「見当たりません」と叫んだ。

「バスは十五分前に来てます。雨音さんに電話して、ダフネが乗ったかどうか確かめてもらってます」

「返事が来るまで、念のためこの周辺を捜してみよう」

バス停の前に立ってぐるりと周囲を見まわす。

元ピザ屋の空き店舗、営業時間を終えてシャッターが閉まっている薬局、唯一明かりがついているコインランドリーは無人。

道を渡ろうとしたところで、ワイアットはぴくりと耳をそばだてた。

「今何か聞こえなかったか？」

「え？　いえ何も」

「人が呻《うめ》く声が聞こえた気がする。こっちだ」

来た道を少し戻り、教会の前の植え込みを懐中電灯で照らす。何も異変はなかったが、教会の横から裏へ続く小径《こみち》に何か落ちていることに気づいた。

花柄の布きれだ。女性が髪を束ねるときに使う——確かシュシュとかいうやつ。

「——！」

この色と模様には見覚えがある。今日ダフネが訪ねてきたとき、手首にこれをつけていた。

「ケンプ刑事？」

「しっ！　ダフネのシュシュが落ちてる。きみは反対側から裏へまわってくれ」

「はい」

足音を立てないよう、教会の裏へ急ぐ。今度ははっきりと、人が争っているような物音が聞こえてきた。

狭い裏庭で、黒っぽいパーカー姿の男が地面に押さえつけたダフネに馬乗りになっている。

長引くとダフネを人質に取られる可能性が高まるので、ここは一秒でも早く男を取り押さえねばならない。幸運なことに男はこちらに背を向けており、ワイアットは視認から三秒後に彼に近づくことができた。

「ＬＡＰＤだ！」

叫ぶと同時に背後から男の首に腕をまわして締め上げる。

「うあぁっ！」

男が叫び、体が自由になったダフネは激しく咳《せ》き込みながら体を丸めた。

銃を構えて現れたシャルマが素早く駆け寄ってきて、暴れるトレイシーに手錠を掛ける。

ＬＡＰＤと名乗ってから手錠まで僅か十数秒、最近の捕り物の中では最短記録だ。ダフネが生きていることに安堵《あんど》し、ワイアットは男の顔を覗き込んだ。

「トレイシー・ミッチェル、殺人未遂の現行犯で逮捕する。あなたには黙秘権があり、供述は不利な証拠になる場合がある。弁護士の立ち会いを求める権利があり、経済的余裕がなければ公選弁護人をつけることができる」

淡々とミランダ警告を告げていると、パトカーのサイレン音が近づいてくる。ルッソとホークスが到着したらしい。トレイシーがひどく暴れているが、ルッソがいればなんなくパトカーに押し込めるだろう。

「大丈夫か？」

跪《ひざまず》いて、ダフネに声をかける。

「ええ、なんとか……」

声を絞り出してから、ダフネが苦悶《くもん》に顔を歪《ゆが》めた。

「動かないほうがいい。すぐに救急車を呼ぶ」

どこか骨折しているのかもしれない。上着を脱いでダフネの体に掛け、ワイアットは急いで九一一に電話した。

「ケンプ！」

駆け寄ってきたルッソとホークスに、「なんとか間に合ったよ」と微笑んでみせる。

「ああ、間に合ったな」

ルッソも笑みを浮かべ、労《ねぎら》うようにワイアットの肩を叩いた。

「シャルマと一緒にそいつの連行を頼む。ホークス、きみはダフネの病院に付き添ってくれ」

「わかった。ダフネ、大丈夫？」

「ええ、体のあちこちは痛いけど、死ぬかもって覚悟したところで助かったから気分はいいわ」

ダフネが弱々しく微笑み、痛みに顔をしかめる。

救急車のサイレンが聞こえてきたのでダフネはホークスに任せて、ワイアットはスマホを取り出して雨音の番号をタップした。

『ワイアット⁉』

電話が繋がるなり、恋人の不安そうな声が耳に飛び込んでくる。仕事中だというのに、ワイアットは口元が緩むのを止められなかった。

「ああ、俺だ。トレイシーを逮捕した。ダフネも無事だ。怪我《けが》をしているが意識もあるし話もできる。病院の付き添いはホークスに任せて、俺は署に戻るよ」

『わかった。気をつけて』

短く言って、雨音が通話を切る。

ワイアットとしてはもう少し甘い言葉が欲しいところだが、雨音は仕事中はビジネスライクに徹したいらしいので仕方がない。

（ま、家に帰れば好きなだけいちゃいちゃできるし）

今夜は帰りが遅くなりそうだが、雨音は起きて待っていてくれる気がする。待ちくたびれて寝てしまったとしても、明日の朝いちゃつけばいい。

雨音の抱き心地や肌触りを思い浮かべ、ワイアットはぷっと鼻の穴を膨らませた。

9

ＬＡＰＤ強盗殺人課のフロアに、穏やかな午後の光が差し込んでいる。

相変わらずパトカーのサイレンがけたたましく鳴っているし、取調室では奇声を上げている輩《やから》がいるが、ワイアットの心は晴れやかだった。

〝図書館の絞殺魔〟ことトレイシー・ミッチェルが逮捕され、ＬＡの連続殺人事件に終止符が打たれたのが一昨日《おととい》のこと。

逮捕当日は堅く口を噤《つぐ》んでいたが、翌日は一転、すべて正直に話すかわりに恩恵の享受を要求してきた。

トレイシーの罪状では、どう足掻《あが》いても仮釈放なしの終身刑を免れることができない。だったら少しでもましな刑務所に入るほうが得策だと考えたのだろう。

検事と弁護士を交えて話し合い、警備レベルのやや低い刑務所に収監することで手を打った。

裁判が長引けば遺族のストレスが増大するばかりだし、時間と労力を費やした挙げ句、トレイシーに有利な判決が出たりしたら目も当てられない。

どっちにしろ終身刑であることに変わりはないし、だったら早く終わらせて次の仕事に取りかかったほうがいい。

(トレイシーはましな刑務所になったと安堵《あんど》してるんだろうが、刑務所はどこもそれなりに最悪だしな)

報告書をタイプする手を止め、マグカップに残っていたコーヒーを喉に流し込む。

――一連の事件は、トレイシーが大学生のときに図書館司書の女性と恋仲になったことが発端だった。

十歳年上の初恋の彼女こそが〝図書館にいる地味な服装の三十代の女性〟の原型で、トレイシー曰《いわ》く『真剣に愛していたのに裏切られて捨てられた』らしい。

他の男性と結婚した彼女への未練や恨みは、トレイシーの心の奥深くに燻《くすぶ》り続けていたのだろう。表面上は何事もなく平穏に過ぎていったが、三年前に勤務先の図書館での読書会に参加していたドナ・スミスと出会い、初恋の司書にそっくりな彼女の姿に眠っていた感情を呼び覚まされる。

ドナを食事に誘うも彼氏がいるからとすげなく断られ、トレイシーの暴走が始まった。

大人しく引き下がって油断させ、復讐《ふくしゅう》の機会を窺《うかが》い――。

事件当日、トレイシーは十九時に退勤。近くの店で夕食をとって図書館に戻り、本を探すふりをしつつ読書会が終わるのを待っていた。二十時に読書会がお開きになり、図書館を出たドナのあとをつけ、駐車場の隣のひとけのない公園で犯行に及ぶ。

取調室で犯行の詳細について得意げに話していたトレイシーを思い出し、ワイアットは顔をしかめた。犯罪者の心理についてひと通り学んではいるが、一ミリも理解できないし理解したいとも思わない。

ドナを殺した半年後、トレイシーは同僚の女性へのセクハラで解雇された。その後いくつかの職を転々とし、一年前からショッピングモールの警備員として働いている。

二件目の殺人までに三年のブランクがあったのは、ダウンタウンの図書館で知り合った女性とつき合い始めたからだった。交際二年目からふたりは同棲《どうせい》しているが、トレイシーに暴力を振るわれたと何度か通報の記録あり。

結局その恋人は、トレイシーのDVに耐えられず出ていった。身の危険を感じていたようで、トレイシーに行き先を知られないよう福祉サービスの助けを借りている。

恋人に逃げられたトレイシーは怒り狂い、再び復讐の計画を練り始めた。逃げた恋人を捜したが見つけられず、代わりに図書館で似たタイプの女性を狙うことにしたのだ。

(復讐したいというより、殺人のスリルをもう一度味わいたかったのかもな)

取調中のトレイシーの言動からワイアットはそう感じたが、それは本人のみぞ知ること。

自分のアパートや勤務地から離れた図書館をいくつか選んでターゲットを物色し、目をつけたのがレベッカとジェニファーだった。

恐ろしいことにトレイシーは三人目、四人目のターゲットも決めていた。が、記者会見で大々的に報じられたため、図書館に行くのをやめてマッチングアプリに切り替えたのだという。

三十代で読書が趣味、初恋の司書に似たタイプの女性を何人かピックアップし、その中にダフネがいたというわけだ。

「ケンプ、ちょっといいか」

外出から戻ってきたルッソが、遠慮がちに声をかけてくる。

「ああ、なんだ?」

手を止めて振り返ると、傍《そば》の椅子を引き寄せて座ったルッソと正面から視線がぶつかった。チームの方針に何か意見があるのだろうか。口論にならないよう気をつけようと思いつつ、ルッソの言葉を待つ。

「大人げない態度を取って悪かった」

予想に反し、ルッソが口にしたのは謝罪の言葉だった。

驚いて目を見開くと、ルッソが決まり悪そうな表情で「ホークスに言われたんだ。ちゃんと謝っておけって」と続ける。

「大人げないのは俺も同じだ。ちゃんとやらなきゃって思って、気持ちに余裕がなかった」

ワイアットも、心の片隅にわだかまっていた気持ちを言葉にした。

ルッソとはこれまでも何度か衝突しているが、お互いはっきり謝ったことがない。やり合うのはその場限り、次に顔を合わせたときは何事もなかったように振る舞う——という捜査班の暗黙のルールに則《のっと》って、内心いろいろ思うことはあっても蓋をしてきた。

それが大人の対応だと思っていたが、たまにはこうして感情のゴミ箱の蓋を開けて中身をぶちまけたほうがいいのかもしれない。

謝ってほっとしたのか、ルッソの表情から緊張がとけていく。

「ホークスに叱られたよ。子供じみた競争心は捨てて、チームの中で自分がやるべきことに集中しろって」

「ああ、俺も今回の捜査で実感した。クレリックは常にチーム全員の行動を把握して上手《うま》く割り振ってたんだなと」

「おまえはよくやってたよ」

「きみにも感謝してるんだ。リンカーンハイツとロングビーチの事件、あっというまに片付けてくれて本当に助かった。あの頃はマスコミの対応やらなんやら重なって、結構きつかったから」

ルッソがにやっと笑い、立ち上がる。

「適材適所ってやつだな。クレリックが戻っても当分現場に出られないだろうから、引き続きチームをよろしく」

右手を差し出され、がっちりと握手を交わす。

「さっそくなんだが、手が空いてたらこれを頼めるか？　去年の未解決事件で有力な情報提供があったそうだ。シャルマかホークスと一緒に話を聞きに行って欲しいんだが」

ファイルを差し出すと、ルッソが「了解」と受け取る。

ルッソの後ろ姿を見送り、ワイアットはふっと息を吐いた。

ルッソのことは馬が合わないと思っていたが、腹を割って話したことがなかったからではないか。今後も衝突はあるだろうが、その都度心のゴミ箱を空にしてお互いに不満を溜《た》め込まないようにすれば、案外上手くやっていけそうな気がする。

報告書の作成に戻り、ワイアットは一時間ほど作業に没頭した。集中力が緩み始め、コーヒー休憩にしようと伸びをしたところで、ふいに名前を呼ばれて振り返る。

「クレリック警部補！」

久々に見る上司の顔に、思わず笑顔になって立ち上がる。怪我《けが》に響かないよう軽くハグして、ワイアットはクレリックのサンダル履きの足を見下ろした。

「もう松葉杖《まつばづえ》なしで歩けるんですね」

「ああ、明日から復帰だ。といっても、しばらくは内勤だが」

クレリックがぎこちない動きで傍の椅子に掛ける。モニターに映った書きかけの報告書に目をやり、「例の連続殺人事件か」と呟《つぶや》いた。

「ずっとニュースで見てたよ。よくやった。四人目の犠牲者を防ぐことができて本当によかった」

「ありがとうございます。今回捜査の指揮を執る立場になってみて、あなたの気苦労がよくわかりましたよ」

　ワイアットの言葉に、クレリックがにやりと笑みを浮かべてみせる。

「無事解決したからよかったが、フレズノ警察は大失態だな。唯一の目撃者を徹底的に調べるべきだった」

「ええ、犯罪歴がなく、勤務態度も良かったので見過ごしてしまったんでしょうね」

「あのITコンサルタントくんも大手柄じゃないか。彼がダフネ・ラムジーにつきまとってたストーカーと目撃者の司書が同一人物だと気づいたんだろう?」

「そうなんです。ダフネが雨音《あまね》の行きつけのカフェのスタッフで、お互い面識があったのが幸いでした」

　ストーカーを撃退した際、雨音がラナ・カークの姿だったことは伏せている。事件の根幹を揺るがすような事実ではないし、女装姿だったと公表したところで何のメリットもないからだ。

　ダフネには、ラナが見た男の特徴を弟の雨音が覚えていた……という苦しい説明をしたが、怪我を負って現在入院中のダフネは素直に信じてくれたようだった。

「今回の一件で、安心してきみにリーダーを任せられると実感したよ」

　クレリックの言葉に、ワイアットはぴくりと眉を上げた。

　クレリックがこちらに向き直り、「きみに話しておきたいことがある」と続ける。

「近々LAPDを辞めることにした。少し前に故郷の町の警察署長をやらないかって打診があってね。返事は保留にしてたんだが、入院中にいろいろ考えて受けることにしたんだ」

「本当に？」

意外すぎる上司の言葉に、思わず訊《き》き返してしまった。

クレリックは自他ともに認める野心家だ。出世欲の強い彼が、コロラド州の小さな町の警察署長に納まる姿が想像できない。

「ああ、本当だ。病院で麻酔が覚めて妻と子供たちの顔を見たときに思ったんだ。もう充分やった、そろそろ次の段階に進んでいいんじゃないか。仕事漬けの日々から、家族と過ごす時間が取れるライフスタイルに」

「そういえば……前にお子さんたちに釣りを教えたいって言ってましたね」

穏やかな表情で頷《うなず》いて、クレリックがゆっくりと立ち上がる。

ワイアットも立ち上がり、よろけそうになったクレリックの腕を支えた。

「あとは任せたぞ」

「期待に応えられるよう頑張ります」

がっちりと握手を交わし、クレリックの後ろ姿を見送る。

椅子に掛け直して、ワイアットはふっと大きく息を吐いた。

いずれは自分がクレリックの後任者になるのだろうとは心づもりはしていたが、まだまだ先の話だと思っていた。

だからといって怖《お》じ気《け》づいているわけではない。実績は充分積んできたし、ルッソをはじめ、チームのメンバーとも上手くやっていけそうな手応えも感じている。

ひとつ気になることがあるとすれば……。

(捜査班のリーダーになるなら、雨音との関係もはっきりさせとかないとな)

リーダーは清廉潔白であるべし、などと考えているわけではないが、チームのメンバーに隠しごとをしたまま仕事をするのは自分の性格的にストレスが溜まる一方だ。

雨音にもその点はわかってもらいたいので、時間をかけて説得するしかない。

パソコンに向き直り、腕を組む。

報告書を目で追いつつ、ワイアットは頭の中で雨音の攻略方法について考えを巡らせた。

◇◇◇

ダウンタウンの総合病院のエレベーターに乗り込み、雨音は正面の鏡に目を向けた。

鏡に映っているのは、空色のシャツワンピースをまとったラナ・カークだ。

首元には紺色のスカーフ、白いスニーカーと白いショルダーバッグ、手には黄色とオレンジでまとめた可愛《かわい》らしい花束。

入院病棟のフロアで降り立ち、雨音は大きく肩で息をしてラナ・カークになりきってから受付カウンターへ向かった。

「すみません、ダフネ・ラムジーさんのお見舞いに来たんですが、会えますか?」

囁《ささや》くように告げると、受付の女性がちらっと顔を上げてパソコンのキーボードを叩《たた》いた。

「ダフネ・ラムジー……はい、面会可能です。こちらに名前を記入してください」

少しためらったのち、面会者リストに〝ラナ・カーク〟と書き入れる。ペンを置いてから身分証の提示を求められたらどうしようと焦ったが、幸い何も言われなかった。

「ラムジーさんは530号室です。まっすぐ進んで突き当たりを右へ」

「ありがとう」

笑みを作って、踵《きびす》を返す。

廊下にはナース、ドクターが忙しそうに行き交っていた。彼らにぶつからないよう、壁に貼り付くようにして病室へ向かう。

530号室の前にたどり着くと、雨音はもう一度自分はラナ・カークだと言い聞かせてからドアをノックした。

「どうぞ」

ダフネの声が返ってきたので、そっとドアを開ける。

ベッドで体を起こし、本を読んでいたダフネが、雨音の姿を見るなり目をまん丸にした。

「ラナ⁉ えっ、どうしてここに⁉」

「お見舞いに来たの。サプライズ成功ね」

ロマンス小説のワンシーンを演じるような気持ちで、にっこり微笑《ほほえ》んで花束を掲げてみせる。

「信じられない！　今『司書の密《ひそ》かな恋心』を読み返してたところよ。モンタナから母と姉が来てくれて、何か欲しいものはないかって訊くから買ってきてもらったの。なんだか無性にジェイクとマデリンに会いたくなって。ああ、やっぱりこのふたり最高ってしみじみ嚙《か》みしめてたところに、まさかあなたが現れるなんて！」

興奮して早口でまくし立てるダフネに、雨音は少々心配になってしまった。

血圧が上がったりしたら術後の体に障るのではないか。搬送されたときは意識がなく、かなり危険な状態だったと聞いているのだが。

「あ、ごめんなさい、どうぞ掛けて」

「ええ……これ、あなたに。どんな花が好きかわからないから、明るくて元気が出そうな色にしてみたんだけど」

花束を差し出すと、ダフネが顔を輝かせた。

「ありがとう！　花はみんな好きよ。ほんと、この色はすごくポジティブな気分になれるわ」

本心からの言葉であることが伝わってきて、雨音も顔を綻ばせる。

ここに来るまでの間、ダフネが花粉症だったらどうしようとかお菓子のほうがよかったかもとかあれこれ考えて気を揉《も》んでいたのだが、気に入ってもらえたようで嬉《うれ》しい。

「思ってたより元気そうで安心したわ。お母さんとお姉さんは?」

「さっきホテルに帰ったところよ。警察から連絡が来たとき私の容態はかなり悪かったみたいで、慌てて飛んできてくれたの。バタバタしてた上にふたりとも都会に慣れてないから、病院とホテルの往復だけで疲れちゃうみたいで」

「怪我は大丈夫なの?」

「ええ、二、三日中に退院できそう」

「よかった」

会話が途切れ、廊下で誰かが笑いながら話している声が聞こえてくる。病室の静けさが際立ち、雨音は居心地の悪さを感じて身じろぎした。

何か無難な話題はないか高速で頭を回転させていると、ダフネが先に口を開く。

「私、退院したら故郷へ帰ろうと思ってるんです」

「……そうなの?」

「ええ、そろそろ潮時かなって思って」

言ってから、ダフネが首をすくめるようにしてくすりと笑った。

「モンタナの小さな町で生まれ育ったせいか、子供の頃から都会への憧れが人一倍強かったの。歌手になりたくて作詞作曲を始めて、ネットじゃ結構人気だったから自分には才能があるって勘違いしちゃって。ひと旗揚げるつもりで二十歳のときにLAに来たんだけど、現実はそう上手くはいかなかった。夢破れてからも都会の暮らしに未練があって、ずるずる居残っちゃって」

一気にまくし立ててから、ダフネがふっと息を吐く。

「前々から頭の隅っこで考えてたの。そろそろ将来のこと考えなきゃって。先延ばしにしてたんだけど、今回の事件で決断できたわ。もうＬＡの生活は充分に楽しんだ。次のステップに進むときが来たって」

ダフネがＬＡを去ると聞いて、雨音はほっと胸を撫《な》で下ろした。もう近所で鉢合わせしなくて済む――というのが本音だが、素朴で純真でちょっと危なっかしい彼女は、家族のもとに帰って暮らしたほうがいい気がする。

「帰る故郷があるのが羨ましいわ。私はＬＡ生まれのＬＡ育ちだから、ここを根城にするしかないって感じ」

半分本音、半分お世辞の雨音の言葉に、ダフネが軽く眉をそびやかした。

「本のプロフィールにはＮＹ出身在住って書いてあったけど」

「それは、ええと……そのほうが、なんか作風に合うかなって」

慌てて言い繕うと、ダフネがにやりと笑う。

「私もレコード会社にデモテープを送るときに経歴をいろいろ盛ってたからわかる」

「ははっ」

ダフネと顔を見合わせて笑ってから、雨音はひやりとした。

(今の笑い声、ラナ・カークの仮面が剝がれて素の声じゃなかった?)

急いでラナ・カークに戻り、スカートの裾を整えながら立ち上がる。

「とにかく、あなたの元気そうな姿を見ることができてよかったわ」

「来てくれてありがとう。本当に嬉しかった」

「モンタナに戻ってからも私の本を読んでね」

「ええ、もちろん」

踵を返して病室をあとにしようとすると、「ちょっと待って」と呼び止められた。振り返ると、ダフネがベッドから降りてゆっくり近づいてくる。

「……?」

戸惑って立ち尽くしていると、雨音の傍に来たダフネが微笑んだ。

「手術のあと、麻酔で朦朧《もうろう》としてるときにあなたが夢に出てきたの」

「……そうなの?」

「夢の中であなたと話していて気づいたわ。あの素敵な刑事さんは二股なんか掛けてない、熱っぽくて優しい眼差《まなざ》しで見つめているのは、いつもひとりだけだったんだって」

ダフネの言葉にぎくりとする。

今ダフネはなんと言った? 動揺のあまり、ダフネの言葉が頭の中をぐるぐる駆けまわる。

（え……これってつまり、ラナ・カークと藤村《ふじむら》雨音が同一人物だってばれたってこと？）

すぐに「なんのこと？」ととぼけなければ。あるいは「弟から聞いたわ、私とワイアットがつき合ってると思ってたんですって？」と言うべきか。

否定しなければと思うのに、喉がからからに渇いて声が出ない。

思考がまとまらず気が遠くなりかけたところで、ノックと同時にドアが開いて貫禄《かんろく》たっぷりのナースが現れた。

「あら、お見舞いのかた？　申し訳ありませんが面会時間は終了です」

「えっ？　あ、はい、すみません」

慌てて出ていこうとすると、ダフネに腕を摑《つか》まれた。

「心配しないで、誰にも言わない。約束する」

「…………」

ダフネの茶色い瞳を見つめ、雨音はこくこくと頷いた。


ダイニングテーブルにクッキングマットを広げ、打ち粉を振るう。冷蔵庫で冷やしておいたパイ生地を取り出し、雨音は麺棒で平らに伸ばす作業に取りかかった。

生地からパイを作るのは初めてだが、これまでのところレシピ動画で見た通り上手くいっている。

(伸ばして三つ折りにして、また伸ばして三つ折りにして、これを五回繰り返す、と)

心の中で唱えながら、黙々と麺棒を転がす。

ミートパイ用のフィリングは完成済みだ。あとはサラダを作って、昨日の残りの手羽元の柔らか煮と簡単なスープを添えれば充分だろう。

普段は冷凍のパイシートで済ませるのに、いちからパイ生地を作ろうと思ったのは、頭を空っぽにしたかったからだ。

病院からの帰り道、雨音はダフネの言葉を反芻《はんすう》してバスの中で何度も叫びそうになってしまった。

――ダフネにラナ・カークの正体がばれてしまった。

衝撃のあまり、どうやって病院から出てバスに乗ったのかよく覚えていない。バスの座席に座ってようやくこれは現実なのだと理解できたが、頭はネガティブな考えに支配され……。

秘密というものは、こうやって小さな罅《ひび》からじわじわと漏れ出すものだ。ダフネに悪気はなくても、酔った勢いでぽろっと漏らすことだってあり得る。

(ラナ・カークが男だったって世間に知られたとして、それがなんだっていうんだ？　男のロマンス作家がいたって別にいいんじゃない？)

薄力粉と強力粉を振るいながら開き直り、けれど読者にどう思われるかあれこれ気を揉み、なかなか頭を空っぽにすることができなかった。

けれど手を動かし続けたおかげで、いい感じのパイ生地ができたので良しとする。

――大丈夫、万が一ばれたとしても作家生命が絶たれるわけじゃないし、もしそうなりそうならペンネームを変えて出直せばいい。

ポジティブな考えをかき集めて、雨音はフィリングと一緒にパイ生地の中に詰め込んだ。

予熱したオーブンに入れ、パイが焼けるまでの間に冷蔵庫の半端野菜でスープを作る。手羽元を温め直してサラダ用のトマトを切り終えたところで、ワイアットからメールが届いた。

『今帰宅。シャワー浴びてからそっちに行く』

『ちょうどよかった。ミートパイ焼いてるとこ』

『いいね。赤ワインを持って行くよ』

長風呂の雨音と違って、ワイアットのシャワーは速い。おそらく十五分ほどでやってくるだろう。

果たして十五分後、Tシャツにハーフパンツ、サンダル履きのワイアットがワインボトルを手に現れた。オーブンから出したばかりのミートパイを見て、「美味《うま》そうだな」と笑みを浮かべる。

「なんとパイ生地から手作り。初めて作ったから味はどうだかわかんないけど」

「いちから作ったのか？　何か悩みごとが？」

ワイアットの質問に、雨音は苦笑した。

原稿に行き詰まったりネガティブな感情に飲み込まれそうになったとき、いつもより凝った料理をする癖をワイアットには知られている。

「ちょっと衝撃的なことがあって。パイは少し冷ましたほうがいいから先にこっち食べよう」

「OK、ワインを飲みながら衝撃的な話を聞こうじゃないか」

ワイアットがワインの栓を抜き、グラスに注ぐ。スープとサラダ、手羽元をダイニングテーブルに並べ、雨音はワイアットの向かいに座った。

「今日ダフネのお見舞いに行ったんだけど、僕の正体がばれてた」

手短に告げると、ワイアットが軽く眉をそびやかす。

「彼女にそう言われたのか？」

こくりと頷き、雨音はどう説明しようか少し迷った。

ダフネの言葉通りに報告するのは気恥ずかしいが、ちょっとだけワイアットの反応を見てみたい気もする。

「術後に麻酔で朦朧としてるときに、夢に僕が出てきたんだって。で、僕の姿のときとラナのときと、あなたが同じ眼差しで見ていたことに気づいたって」

ワインをひとくち呷《あお》り、ワイアットがにやりと笑った。

「目のつけどころがいいな」

「……誰にも言わないって約束してくれたけど」

「じゃあ何も問題ない」

「あっさり言うね」

唇を尖らせると、ワイアットが軽く肩をすくめた。

「彼女を信じるしかない。あれこれ気を揉んだところで今できることは何もないし、もし噂《うわさ》が広がったりしたらそのとき対策を考えればいいさ」

「まあ……それが現実的だよね」

「難しく考えるな。ダフネはラナ・カークが男だと知って幻滅したとか言わなかったんだろう？　幻滅しただの裏切られただの言葉の刃をふりかざす連中が多い中、きみの真の姿を知っても批判せずに受け入れた。それでいいじゃないか」

ワイアットの言葉に、雨音は胸につかえていたものがすっと溶けていくのを感じた。

そうだ——ダフネは女装を揶揄《やゆ》したり責めたりしなかったし、雨音の見舞いを心から喜んでくれていたではないか。

ダフネの『心配しないで、誰にも言わない。約束する』という真摯な言葉を、自分はもう少し素直に信じたほうがいいのかもしれない。

「そうだね……うん。そう考えればいいのか」

心が軽くなり、雨音もグラスのワインを呷った。

立ち上がってキッチンへ行き、粗熱が取れたミートパイにナイフを入れる。フィリングはいつものレシピなので問題ないし、パイも思っていた以上にいい感じだ。

「すごい、マジでお店出せそうなんだけど」

自画自賛しつつ、大きめに切り分けてワイアットの皿にサーブする。

さっそくひとくち食べたワイアットが、「店でいちばんの人気メニューになる。間違いない」と太鼓判を押してくれた。

雨音も味を見て大きく頷く。冷凍パイシートのような油っぽさがなく、サクサクしたビスケット寄りの生地はびっくりするほど美味《おい》しかった。

「この生地でアップルパイ作ったらめっちゃ合いそう」

「期待してるよ」

一切れ目を食べ終えたワイアットが、ワインを飲んでから居住まいを正す。

「実は俺も話したいことがあるんだ」

「えっ？　何？」

かしこまった様子におののいて、雨音もフォークを置いて姿勢を正した。

「今日クレリック警部補が署に来たんだ。明日から復帰だそうだ」

「ほんとに？　よかった、リハビリ上手くいったんだね」

「ああ、もう松葉杖なしで歩けてる。といっても、まだ当分内勤だが」

サラダのブロッコリーを口に入れてから、ワイアットが続ける。

「近々LAPDを辞めて故郷の町の警察署長に転職するそうだ。前々から考えてて、今回の入院で決断したらしい」

「そうなんだ……。クレリック警部補ってコロラド出身だったっけ？」

「そう。家族と一緒に過ごす時間を増やしたいと」

椅子の背にもたれ、雨音は深々と頷いた。

LAPDの強盗殺人課の激務は、家庭生活との両立が難しい。ルッソやホークスも多忙によるすれ違いで離婚したと聞いているし、クレリック家もほとんど妻のワンオペ育児だったのではないか。

「で、俺が捜査班のリーダーになることに」

言いながらワイアットが両手を広げてみせる。淡々とした報告に、雨音は「これっておめでとうって言っていいシチュエーション？」と尋ねた。

「まあそうだな。一応昇進だから」

「ワイアット的にはどうなの？」

「正直びっくりした。まだまだ先の話だと思ってたし。けど、今回臨時のリーダーをやって自信もついたし、チームのメンバーとも上手くやっていけそうだから不安はない」

「そっか。じゃあ改めておめでとう」

ほっとして、皿に残っていたミートパイを口に運ぶ。

「ありがとう。ただ、ひとつだけ懸念事項があるんだ」

「何？」

ワイアットが笑みを浮かべ、榛色《はしばみいろ》の瞳でじっとこちらを見据えた。

「俺たちの関係は、ラファロだけ知っててくれればそれでいいかなと思ってた。けど、リーダーになるならチームのメンバーにも知っておいてもらいたい」

「…………」

思いがけない言葉に、目をぱちくりさせる。

雨音の反応を確かめてから、ワイアットがゆっくりと続けた。

「人は隠し事があると、ばれるのを恐れて無意識に言動に制限がかかってしまう。捜査の場では、そういった些細《ささい》なことが命取りになる場合もある。きみとの関係がばれるんじゃないかと冷や冷やしながら仕事をするのは、俺の場合結構なストレスなんだ。これまではなんとか支障なくやってこれたけど、リーダーとなるとそうはいかない」

ワイアットの言っていることはよくわかった。

ワイアットの仕事は常に危険と隣り合わせだ。気が散る要素は最小限に抑えるべきだろう。

頭の中で考えをまとめてから、雨音は慎重に口を開いた。

「わかった。僕は別にいいんだけどさ、僕の場合、ちょっと居心地の悪さや照れくささを感じたり、みんなにどう思われてるんだろうって気にしたりとかそういう個人的な話だから。でもあなたの場合、それってかなり大きな決断じゃない？　僕は警察組織のことはよくわかんないけど、そういうのって結構影響あるんじゃない？　もちろん表向きは署員の性的指向は問いませんって話になってるけど、そういうのって建前じゃない？　僕とのことが原因で仕事に支障が出たりしたら本末転倒じゃない？」

しゃべり始めたら止まらなくなり、高速でまくし立てる。

ワイアットに「ストップ」と遮られ、雨音はぐっと奥歯を噛み締めた。

「ま、上層部には内心快く思わない連中もいるだろうな。けどそれがなんだっていうんだ？　俺より先に定年退職でいなくなる奴《やつ》らの気持ちなんか知ったことか」

「……ＯＫ、わかった。あなたがいいなら僕もいいよ」

「わかってくれてありがとう。何か言ってくる奴がいたら俺が対処する」

「心強いね。でも僕だって嫌なこと言われたら黙ってないよ」

ワイアットが「そうだな」と笑った。

「軍にいたときも、直属の上官の怪我で急遽《きゆうきよ》班のリーダーになったことがあるんだ。そのときは上司と部下の板挟みになって、誰も味方がいないと感じて孤独だった。今思えば若くて経験不足なのをカバーしようと張り切りすぎて空回りしていたとわかるんだが、当時は本当にしんどかった」

言葉を切って、ワイアットが身を乗り出すようにして目を覗《のぞ》き込んでくる。

「今回も急にリーダーになって、また孤立してしまうかもしれないと正直不安があった。が、きみがハグしてくれただろう。俺はひとりじゃない、味方がいる、そう実感して心を穏やかに保つことができた。経験を重ねて周りのことが見えるようになったというのもあるけど、きみのおかげでナーバスにならずに済んだよ」

「…………」

嬉しくて言葉が出てこない。

しみじみと感激を味わったあと、雨音は「一応、僕もチームの一員だからね」と呟いた。

ワイアットがくすりと笑い、手を伸ばして雨音の手に触れる。

「ああ、きみのことは頼れるパートナーだと思ってる。公私ともに」

──頼れるパートナー。公私ともに。ワイアットの言葉が高速で体中を駆け巡り、血がざわめいた。

(めちゃくちゃ嬉しいんだけど!)

この気持ちをそのまま口にすればいいのだろうが、照れくさくて倒れそうなので今はちょっと無理だ。

「ミートパイ、温かいうちに食べよう」

嬉しいのに嬉しいと言えない自分に呆《あき》れて唇を尖《とが》らせつつ、雨音はパイを切り分けた。

10

世界最大の都市、ニューヨーク。

十数年ぶりに訪れたマンハッタンは、人間の発するエネルギーを世界中からかき集めたかのように活気が漲《みなぎ》っていた。

同じ大都会でもNYとLAはまったく印象が違う。昨日空港に降り立ち、タクシーでマンハッタンのホテルに向かう間、流れる景色を眺めて雨音はしみじみ実感した。

LA生まれLA育ちの雨音から見ると、NYは人も建物も密度が高すぎて息苦しく感じる。十歳のときは感激した歴史と風格のある街の雰囲気も、今は少々重く感じた。

NYの印象をひと言で言い表すとしたら、アウェイ感が半端ない、といったところだろうか。

(ワイアットが一緒だったら、印象が違ってたのかもしれないけど)

当初はサイン会前日に一緒にNYへ発《た》つ予定だったが、ハリウッドの宝飾店で強盗事件が起きたのだ。

『当日の便に変更した。サイン会には間に合わないかもしれないが……』

『無理しなくていいよ。また別の機会に行けばいいし』

内心がっかりしたものの、捜査班のリーダーとして多忙な日々を送るワイアットにわがままは言えない。

（わざわざNYで会わなくても、ほぼ毎日会ってるし）

そう自分に言い聞かせたが、昨夜ポーラと洒落《しゃれ》たイタリアンレストランで夕食をとったあと、ホテルに戻ってひとりで夜景を見下ろしたとき、自分でも面食らうくらいに寂しさが込み上げてきた。

ワイアットとつき合う前は、普段の暮らしでも旅先でもひとりが気楽でいいと思っていたというのに。

今夜もう一泊することになっているが、ポーラはサイン会が終わったらコネチカットの実家に行ってしまうので、テイクアウトのサンドイッチでも買ってホテルに籠もるつもりだ。

せっかくNYに来たので、明日はハイラインを訪れたいと考えている。廃線になった高架貨物線跡を遊歩道として甦《よみがえ》らせた空中庭園で、前から一度歩いてみたいと思っていたのだ。

ワイアットと一緒に行くつもりだったので、少し……いや、かなりテンションが下がっているのだが。

「そろそろ時間です」

ブックストアの店長に声をかけられ、はっと我に返る。笑みを浮かべ、雨音は椅子から立ち上がった。

（よし、今から私はラナ・カーク。もし訊かれたら出身はブルックリンで今は郊外に住んでい

ると答えること）

　黒髪のロングヘアのウィッグとダークブラウンのオーバルタイプの眼鏡、七センチヒールの黒いブーツはＬＡのサイン会のときと同じだが、今日のためにワインレッドのラップドレスを新調した。

　エレガントなラップドレスは、前から一度着てみたいと思っていたブランドのものだ。長袖でスカートは膝下丈だが、体にぴったりフィットするデザインで胸元も大きく開いているので、サイン会で着るかどうかぎりぎりまで悩んだ。

　胸元の開きに関しては、雨音は女装するときいつもＡＡカップの微乳派なのであまり影響がなかった。共布のベルトをスカーフ風に首に巻いてみたところ、喉仏が隠れて自慢のデコルテも映えたので、自分ではかなり気に入っている。

　イベント会場に足を踏み入れると、司会役のポーラが「皆さまお待たせしました、ラナ・カーク登場です」と会場に呼びかけ、拍手が湧き起こった。

　ポーラからマイクを受け取り、雨音は笑みを浮かべて会場を見まわした。

　二回目なので前回よりは落ち着いている。人数も客層もＬＡとほぼ同じで、和《なご》やかな雰囲気が雨音の緊張をやわらげてくれた。

「初めまして。今日は私のサイン会に来てくださってありがとうございます。皆さんとお話しできるのが楽しみです。どうぞよろしく」

もう一度拍手が起き、雨音は用意された椅子に掛けた。早速ポーラがひとり目の読者を案内し、サイン会が始まる。

「こんにちは、今日はどちらから？」

囁くように問いかけると、目の覚めるようなピンクのワンピース姿の老婦人が頬を紅潮させて拳を握り締めた。

「バーモント州からよ。どうしてもあなたに会って伝えたくて。マデリンとジェイク、最高！」

「まあ、遠くからわざわざ来てくださってありがとう」

「マデリンとジェイクの距離感が焦《じ》れったくて、でもその焦れったさがたまらないのよね。読みながらもどかしくてジタバタしちゃって、それがすごく楽しくて、読んでる間ずっとハッピーなの。ロマンス小説好きの友達にも勧めまくってるわ」

「嬉しいです。お名前は？」

二度目とあって、すんなりとラナ・カーク役に入っていくことができた。名前を尋ねつつ、流れるような動作で本にサインを書き入れていく。

「ありがとう。次の新刊も楽しみにしてるわ。私に残されてる時間はそう長くはないから、なるべく早めにね」

老婦人のセリフにふふっと笑い、軽く握手を交わして見送る。

二人目は雨音の母親世代の女性で、オハイオから夫と旅行がてらやってきたのだと言った。

「あら、夫さんも会場にいらっしゃるの？」

「いいえ、多分女性ばかりだから俺は遠慮するって、ショッピングに出かけたわ」

「ご夫婦でNY旅行なんて素敵ね」

「ええ、実は彼が背中を押してくれたの。いちばん好きな作家なんだろう？　会わなきゃ後悔するぞって」

「最高のパートナーね」

「ジェイクほどじゃないけどね」

顔を見合わせて笑う。

LAのときは楽しみつつも緊張していたが、今回は最初から肩の力が抜けている気がする。地元ではなくアウェイというのが、かえっていいのかもしれない。ここでは藤村雨音を知っている人はひとりもいないし、生活圏が被《かぶ》っている人も皆無だろう。

（ワイアットも来れなくてよかったかも。この会場じゃ悪目立ちしちゃう）

次々に入れ替わる読者と言葉を交わし、本に為書《ためが》きとサインを入れていく。ちょうど十人目のサインを終えたところで、ふいに会場にさざ波のようなざわめきが広がった。

何事かと顔を上げ、ぎょっとする。

（ワイアット⁉）

会場のいちばんうしろ、扉を開けて入ってきたのはワイアットだった。

しかもダークグレーのスーツ姿、手には深紅の薔薇《ばら》の花束を抱えており――。

「ジェイクだわ」

雨音の前に座っていた十人目の客が、ぼそっと呟く。

「ほんと、ジェイクのイメージそのものじゃない?」

「どういうこと? サプライズ企画か何か?」

会場の女性たちの注目を一身に集めながら、ワイアットが出入りの邪魔にならないように移動する。

壁を背に居場所を確保すると、ワイアットは雨音に向かって軽く手を振った。

その上、声を出さずに「間に合った」と口の動きで伝えてきて……。

――雨音の顔から火が噴き出すと同時に、誰かが黄色い声を上げた。

道端でハリウッドスターを見かけたときに出すような歓声だ。読書会のような落ち着いた雰囲気だった会場が、一気に高校生のパーティのように騒がしくなる。

「ジェイクよ! ジェイクが来た!」

「まさかまさか、映画かドラマになるの⁉」

「待って待って、あのホットな男前さんはラナの彼氏なんじゃない⁉」

皆が口々にしゃべり始め、会場が騒然とする。雨音の前に座ったままの客は、譫言《うわごと》のように

「オー……マイ……ゴッド」と繰り返していた。

「皆さん、お静かにお願いします」

ポーラがにこやかに告げると、会場のざわめきが少し静まる。しかし口を噤《つぐ》んだだけで、好奇心でギラつく視線は依然ワイアットに向けられたままだ。

「続けましょう。どうぞ、次のかた」

ポーラが冷静に仕切り、サイン会が再開する。

だが雨音は動揺が収まらず、先ほどまで完璧に演じていたラナ・カークが挙動不審になってしまった。

（なんでスーツで来ようと思ったわけ⁉　その花束は何⁉　めちゃくちゃ目立つじゃん‼）

気が動転しつつ、頬が熱いし胸の奥が熱くてくすぐったい。

照れくささが八、嬉しさが二……いや、照れくささ七の嬉しさ三くらいだろうか。

ちらりと視線を向けると、ワイアットは客の女性——トップバッターのピンクのワンピースの老婦人だ——に話しかけられて、何やら愛想よく答えていた。

（頼むから余計なこと言わないでよ……！）

ワイアットに念を送ったせいか、ペンを持つ手に力が入りすぎてサインが少し歪《いびつ》になってしまった。せっかく来てくれた読者に申し訳ないので、ワイアットのことはひとまず脇に置いてサイン会に集中しろと自分に言い聞かせる。

少しずつ平常心を取り戻し、読者とにこやかに言葉を交わせるまでに回復したが、しばらくして雨音はあることに気づいた。

サインをもらった客が、帰らずに会場にとどまっている。LAのときは、サインが終わるとほとんどの人が会場をあとにしたというのに。

(そりゃそうだよね。あのやたらと目立つ花束の顚末《てんまつ》を見届けたいって思うよね)

会場にいる女性たちの目が爛々《らんらん》と輝いていてちょっと怖い。皆が〝ジェイク似の彼氏から花束を受け取るラナ・カーク〟を期待しているのが伝わってきて、なんとも落ち着かない気分だった。

雨音と対照的に、ワイアットは余裕の表情でご婦人がたの質問に言葉を返している。

(僕もロマンス小説のヒロインになりきって楽しむべき?)

考えてみたら、一生に一度あるかないかの機会だ。今後サイン会が開かれるかどうかわからないし、あったとしてもワイアットが来れるかどうかわからない。

照れくささは拭いきれないが、この場ではヒロインになりきるのが最適だろう。

あれこれ考えているうちに、サイン会の列はどんどん進んでいく。

NY以外からの参加者も結構多く、なんとカナダから来てくれた人もいた。サイン会だけが目当てではなく観光なども兼ねているのだろうが、それでもこうやってわざわざ足を運んでくれるのはありがたい。

「次の新刊も楽しみにしてるわ」

「ありがとうございます。今日皆さんにいただいたエネルギーを執筆に注ぎます」

読者と言葉を交わし、ちらっと彼女の背後に目をやると、残すはあとひとりだった。往年の大女優のような貫禄たっぷりの老婦人が、椅子に掛けてにやりと笑う。

「お気づきでしょうけど、みんなこのあとのイベントをわくわくしながら待ってるの。サインはちゃちゃっと終わらせちゃいましょう」

彼女のおどけた口調に、思わず声を出して笑ってしまった。

「お名前は？」

「マデリンよ」

「本当に？　すごい、サイン会に来てくださったかたでマデリンは初めてです」

「ふふ、残念ながら夫はジェイクじゃなくてジョンだけどね。あなたの著書は全部読んでるわ。これからも私たちを楽しませてちょうだいね」

「ええ、期待に応えられるように頑張ります」

丁寧にサインをして顔を上げると、マデリンが「さあ、ここからがメインイベントね」と囁いて立ち上がった。

「本日はご来場ありがとうございました。これからもラナ・カークの作品にご期待ください」

ポーラが会場を見まわして笑顔で締めくくり、雨音もよろけながら立ち上がる。

ＬＡのときは会場にほとんど人が残っていなかったので特に挨拶などはしなかったが、自分も何かひとことコメントするべきだろうか。

「……っ！」

花束を抱えたワイアットが、ゆったりとした足取りでこちらに向かってくるのが見えた。

しっかりと瞼《まぶた》に焼きつけておきたいのに、目の焦点が合わなくてぼやけている。

（やばい……なんか気が遠くなりそうなんだけど）

気がつくと、目の前にワイアットが立っていた。

「サイン会おめでとう。きみの晴れ姿を見届けることができてよかったよ」

「…………ありがと」

七センチヒールのブーツのせいで、いつもより視線が近くてどぎまぎしてしまう。

目を泳がせながら差し出された花束を受け取ろうとすると、ワイアットが「ちょっと待って」と言って両手を広げた。

「先にハグしていいかな」

「えっ？　マジで？　いやちょっと……っ」

小声で拒否しようとしたが、次の瞬間ワイアットの胸に抱き寄せられていた。

心臓がどくんと跳ね上がると同時に、会場から拍手が湧き起こる。

（やばいやばいやばい……っ）

頭がくらくらして、顔から火が出そうだった。

今この瞬間を、自分はきっと死ぬ前に思い出すだろう。ワイアットと出会ってから、思い出の走馬灯アルバムの写真が増える一方だ。

「ねえ、これって読者サービス？」

照れくささが限界に達し、雨音は小声でワイアットに尋ねた。

「まあ結果的にそうなったが、誰もいなくてもハグしたよ。キスもしたいところだけど、さすがに皆の前ではまずいかな？」

「当たり前でしょ！」

ワイアットの胸を押して、少々長すぎたハグを終わらせる。

ワイアットが声を立てて笑い、改めて花束を差し出した。

「こういう機会はなかなかないから、ちょっと派手にやってみたかったんだ」

「大成功だね」

花束を受け取り、芳しい薔薇の香りに酔いしれる。

ワイアットがさりげなく腰に手をまわしてくるが、もう振り払う気力は残っていなかった。

熱い手のひらが触れた場所から、全身に高揚感が駆け巡っていく。

――今まで雨音は、公共の場で人目もはばからずいちゃついているカップルは、周囲に自分たちのラブラブぶりを見せつけるためにやっているのだろうと思っていた。

だが今ならわかる。そうではなく、自分たちの世界に入り込んで周りに人がいるのを忘れているだけなのだ、と。

「あの……素敵なシーンを邪魔して申し訳ないんだけど、そろそろお開きの時間よ。このイケメンさんが誰なのかとかいろいろ訊きたいことはあるんだけど、それはLAに戻ってからゆっくりってことで」

遠慮がちなポーラの声に我に返り、先ほどまで自動的にシャットアウトしていたらしい会場のざわめきが一気に耳に飛び込んでくる。

（うわ、めちゃくちゃ恥ずかしいんだけど！）

今すぐ逃げ出したい気持ちともう少しこうしていたい気持ちが混ざり合って、口から奇声が飛び出しそうだった。

今ここで叫ぶのはまずい。男だとばれるよりもっとまずい。

激しく渦巻いている感情に蓋をして、雨音はそそくさとワイアットの手から逃れた。

ホテルの大きな窓の外、マンハッタンの夜景がきらきらと輝いている。

昨夜はよそよそしく感じた街の明かりが、今夜は「ＮＹへようこそ！」と雨音を温かく歓迎してくれていた。

（ワイアットが来たとたんに街の印象が変わるとか、なんかロマンス小説っぽくない？）

苦笑しつつ、この心情はいつか使えるかもしれないと頭の片隅にメモする。

出版社が手配してくれたデラックスダブルルームは天井が高くて広々しており、黒を基調にしたモダンなインテリアと相まって、昨夜はがらんとした空間が少々心細く感じるほどだった。

今は花瓶に活《い》けた深紅の薔薇が華やかに彩ってくれているし、バスルームからかすかに聞こえてくるシャワーの水音も心強い。

バスローブの前をかき合わせてソファに座り、雨音はスマホを手に取った。何度も見たサイン会の写真を開いて、幸せな記憶に浸ることにする。

――控え室に戻ってから、ポーラがワイアットとのツーショットを撮ってくれた。

一枚目と二枚目はふたりともかしこまって表情がやや硬いが、三枚目は柔らかい表情でお互いに顔を見合わせている。ポーラが気を利かせ、撮影が終わってリラックスしたところで一枚追加で撮ってくれたのだ。

ポーラとのツーショット、サイン会の会場の写真が数枚、帰りのタクシーで撮ったワイアット、ホテルのエレベーターで鏡に映った姿の自撮り――ＳＮＳはやっていないので自分で楽しむ用だが、典型的なラブラブカップルの幸せアピール写真のようで笑ってしまう。

「何をニヤニヤしてるんだ？」

「……っ」

バスルームから出てきたワイアットに声をかけられ、雨音はどきりとして顔を上げた。

雨音と同じ白いバスローブ姿のワイアットが、濡《ぬ》れた髪をタオルで拭きながらこちらに歩いてくる。

「今日の思い出に浸ってたとこ」

「いいね。俺も一緒に浸らせてくれ」

隣に腰を下ろしたワイアットに抱き寄せられ、全身にぴりっと軽く電流が走る。

――時刻は二十二時、寝るには少し早い時間だ。

サイン会のあとタクシーでホテルに戻り、本来の姿に戻ってワイアットと一緒に少し街をぶらついた。ふたりともクラブやバーなどの煌《きら》びやかなナイトライフには興味がないので、日本料理の店で夕食をとったあと、ホテルに戻ってゆっくり過ごすことにした。

シャワーを浴びたあと何をするか決めていないが、おそらく……。

(いや、その前にやることが！)

慌てて雨音は、ワイアットとの間に隙間を作ろうともがいた。セックスに雪崩れ込む前に、ワイアットに伝えておきたいことがあるのだ。

「あのさ！　あの……っ！」

「ん？」

雨音の首筋に顔を埋めながら、ワイアットがくぐもった声で返事をする。

「改めてちゃんと伝えておこうと思って。今日のサイン会、来てくれてほんとにありがとう。すごく嬉しかった」

照れくささが限界に近かったので、早口で一気に告げる。

ワイアットが体を起こし、ソファに座り直して顔を覗き込んできた。

「よかった。きみが嬉しいと俺も嬉しい」

温かな声音が胸を直撃し、照れくささが限界を突破する。

少し前までの自分だったら、ここで「これ以上無理」と逃げていただろう。

が、今の自分は違う。ワイアットに、この気持ちをきちんと伝えておかなくては。

「サイン会、ほんとに最初は全然やるつもりなかったんだ。でもあなたが読者に会う貴重なチャンスじゃないのかって言ってたでしょう？　その言葉がずっと頭に残ってて、だからサイン会やろうって踏み出せたのは、あなたのおかげだと思ってる」

ワイアットが目を瞬かせ、「それは光栄だ」と短く呟いた。

「実際に読者に会って話すことができてすごくよかった。僕は自分のこと嫌いじゃないけど、ゲイでロマンス作家で女装癖があって性格もちょっと屈折してて、世間的には嫌われることが多いじゃん？　そんな僕にとって、ラナ・カークっていう仮の姿ではあるけれど、会場に集まった人たちに受け入れてもらえたのは得がたい経験だったわけで……」

ひと呼吸置いてから、雨音は「嫌われることに慣れきって他人に歩み寄ろうって気持ちもなかったんだけど、フィオナに会ってちょっと変わって、あなたに会ってだいぶ変わったと思う」と言い加えた。

「俺もきみと出会ってかなり変わったよ」

「そうなの？」

「ああ。俺が社交的なのは上辺だけで、他人に本音を打ち明けるという行為が大の苦手なんだが、きみにはざっくばらんに話せるってことに気づいた」

「…………」

嬉しすぎて言葉が出てこない。

唇を引き結んで固まっていると、ワイアットがくすりと笑って肩を抱き寄せてきた。

「で、どうする？」

耳元で囁かれ、首をすくめる。

「どうするって、何が？」

「このあとの予定だよ。シャワーも浴びたし歯も磨いた。あとは寝るだけって感じだけど、何かやりたいことはある？」

ワイアットの質問に、雨音は唇を尖らせた。

普段は「俺はセックスしたい気分だけど、きみは？」とか「昨日したばかりだから今日は裸でいちゃつくだけにする？」とかあけすけに訊いてくるのに。

（僕に言わせようとしてるな。そうはさせるか）

ふっと息を吐き、雨音は笑みを作った。

「明日のハイライン観光に備えてもう寝たほうがいいかもね。あなたもＬＡからの長旅で疲れてるでしょう？」

ワイアットが大袈裟《おおげさ》に眉根を寄せてみせる。

「いや、機内でずっと寝てたから全然疲れてないよ。きみは疲れてる？」

「そうでもない。今日はすごくいい日だったから目が冴《さ》えてる感じ」

「なるほど。脳が興奮状態のときはなかなか寝付けないよな」

「そうだ、ニュース見ようか。ハリウッドの宝飾店の強盗事件、全国的に注目されてたから犯人グループ逮捕の映像が流れるかも」

ワイアットが渋い顔になり、軽く両手を挙げた。

「わかった、降参だ。せっかく洒落《しゃれ》たホテルに泊まってるから、いつもとひと味違う洒落た誘い方をしたかったんだが」

「洒落た誘い方だったの？　僕にエッチなこと言わせたいのかと思った」

「ま、それもあるな」

正直な告白に、思わず笑ってしまう。「その手には乗らないぞ」と身構えていたが、非日常的なシチュエーションに雨音も大胆な気分になりつつあった。

マンハッタンのホテルで夜景を見下ろしながら恋人とロマンティックな夜を過ごすなんて、そう何度もあることではない。だったら最大限に愉《たの》しまなくては。

ワイアットのほうへ向き直り、榛色の瞳をちらりと見上げる。

「明日の予定はハイラインだけだし……そんなに早起きしなくていいよね」

視線を泳がせ、雨音はおずおずとワイアットの肩に手をまわした。

色っぽく誘うつもりだったのに、低く唸《うな》り声を上げたワイアットに抱き締められて「ひゃっ！」と情けない声が出てしまう。

ワイアットに抱き上げられて、慌てて雨音は逞《たくま》しい首にしがみついた。

「急に何？　さっきまで余裕たっぷりって感じだったじゃん！」

「余裕のあるふりしてただけだ」

クイーンサイズのベッドに雨音の体をそっと下ろし、ワイアットがのしかかってくる。

「ん……」

口づけられて、雨音はうっとりと目を閉じた。逞しい体の重み、口腔《こうこう》内に押し入ってきた無遠慮な舌――すっかり馴染《なじ》んだ感覚に、安心感と高揚感が込み上げる。

「……っ」

しばし情熱的なキスに身を委ねていると、薔薇の香りがふわりと鼻腔をくすぐった。

サイン会の会場でワイアットから花束を贈られたときの記憶がよみがえり、胸がじわっと熱くなる。バスローブの下で体が狂おしく疼《うず》き、雨音はワイアットの体に足を絡ませた。

ワイアットの大きな手が太腿《ふともも》を撫で上げ、焦らすように内股を何往復かしたあと下着へとたどり着く。

「ん？」

布地に触れたとたん、いつもと違うことに気づいたらしい。体を起こしたワイアットにバスローブの裾をめくられ、雨音はもじもじと太腿を擦り寄せた。

レースに縁取られた白いショーツの中で、ペニスが窮屈そうに頭をもたげている。

女装するときは下着もすべて女性用をつけることにしているのだが、ワインレッドのラップドレスに白い下着は似合わないので、ブラもショーツも黒にした。白いショーツは必要ないと思いつつ、ワイアットがNYに来ることができたらそのとき穿《は》こうと思ってスーツケースに入れてきたのだ。

「これは……っ、いつものパンツ持ってくるの忘れて、ラナ・カーク用の下着は予備があったから、わざわざ男物のパンツ買いに行かなくてもこれで済ませればいいかなって！」

目をそらしながら苦しい言い訳をする。

ロマンス映画のようなロマンティックなムードにしたいのに、現実はなかなかそうはいかない。おまけに、ワイアットの視線に晒《さら》されたとたんに先走りがじわじわと漏れ始め……。

「ああ、わざわざ買いに行く必要はないな」

笑いを含んだ声で言って、ワイアットが、薄い布地の盛り上がった部分をからかうように指でつつく。

「あ……っ」

濡れた亀頭を指の腹でくるくると弄《いじ》りまわされ、雨音はびくびくと身悶《みもだ》えた。巧みなキスですっかり追い上げられていた体が、そのひと押しであっというまに絶頂に上り詰める。

お気に入りのショーツを汚してしまい、恥ずかしくて頬が熱くなるが、同時にひどく興奮もしていた。

初心者の頃は恥ずかしくて消え入りたかった粗相も、ワイアットに見られることで快感が増すのを知っている。

ワイアットにもとっくにばれている。下着を濡らすところを見られたがっていることを――。

「……ん……」

濡れて貼りついたショーツを、ワイアットが両手でゆっくりずり下ろしていく。白いシロップに塗《まみ》れた初々しいピンク色のペニスが、ふるりと揺れて露《あら》わになった。

ワイアットの視線に興奮しつつ、雨音もワイアットの太腿に手を這《は》わせて体毛と筋肉の手触りを味わう。

（ワイアットのも、おっきくなってる……）

硬くて太い男根をそっと握ると、ワイアットが低く笑う気配がした。

「今日はにぎにぎしてくれるんだな」

「そうやって茶化すならやめるけど?」

「わかったわかった、続けてくれ」

話している間にも、雨音の手の中で砲身がむくむくと体積を増してゆく。

ワイアットがバスローブのポケットからXLサイズのコンドームを取り出し、「つけてくれるか?」と囁いた。

「……ん」

体を起こし、ぺたんとベッドに座る。

バスローブを脱ぎ捨てたワイアットは、ヘッドボードにもたれて脚を投げ出した。牡の象徴がぶるんと大きく揺れて、雨音の欲情を誘う。

おぼつかない手つきでパッケージを破り——初《うぶ》ぶるつもりはないが、手が滑って上手く開けられなかったのだ——コンドームを大きな亀頭の上に乗せる。精液だまりを指で押さえて空気を抜き、しっかり密着させてから丁寧に根元に向かって転がし……。

二ヶ月ほど前からワイアットのペニスにコンドームを装着するのは雨音の役目になったのだが、いまだに慣れなくてどぎまぎしてしまう。

(だって……すごくおっきいし、形もなんかすごいし)

エラの張った肉厚の亀頭、血管の浮いた太い茎を直視するのがなんとも気恥ずかしい。

挿入されたら羞恥心など吹き飛んで淫らに喘《あえ》いでしまうのだが、挿入前は羞恥と欲情がせめぎ合って頭が爆発しそうになるのだ。

いつのまに用意したのか、ワイアットがナイトテーブルから潤滑用のジェルを取り出した。

「おいで」

抱き寄せられ、ワイアットの腰を跨《また》ぐようにしてヘッドボードに手をつく。

大きな手が尻をまさぐり、中指の腹で蕾《つぼみ》の周囲にジェルを塗り広げる。蕾の中で、媚肉《びにく》がはしたなく疼くのがわかった。

早く入れて欲しい。本当のことを言うと、シャワーを浴びているときからうずうずして、少し中を弄ってしまった。

蕾が柔らかくほぐれていることは、ワイアットにも伝わったらしい。中にジェルを塗り込めながら、「もう入れても大丈夫そうだな」と呟いている。

「この体勢で、自分でできるか？」

「え？　き、騎乗位？」

経験がないわけではないが、いまだに上手くできたためしがない。同じ質量なのに、体位を変えただけでいきなり難易度が上がるのはなぜなのか。

「俺も手伝う」

ワイアットに尻を掴まれ、濡れた蕾に大きな亀頭を押し当てられる。

「ん……ああっ」

ワイアットの逞しい男根を受け入れるべく、雨音は大きく脚を広げて腰を落とした。窄《すぼ》まった蕾に太い亀頭がめり込んでくる。この瞬間がたまらない、狭い肛道を逞しい男根に押し広げられていくこの感覚――。

「ああん！」

ぬちゅっと濡れた音を立てて、ワイアットの亀頭が入ってきた。

一度射精して柔らかくなっていたペニスが、再び芯を持ち始めている。

そそり立つ巨根を飲み込もうと、雨音は腰を揺らした。蕾も媚肉もやわらかく蕩《とろ》けているのに、ぬるぬる滑って上手く飲み込めない。

「ひゃんっ！」

乳首を舐《な》められ、雨音は声を上げた。

「だめ、気が散る……っ」

「そう言われても、こんな状態で目の前に差し出されたら無視できない」

ワイアットが笑みを浮かべ、つんと尖った肉粒を指の腹で押し潰す。

「ちょっと！　同時には無理！」

「わかったよ。まずはこっちに集中だな」

「ああっ！　や、ま、待って！」

下からぐいと突き上げられて、雨音はワイアットの胸に倒れ込んだ。

脚の力ががくんと抜け、その拍子に亀頭がずぼっと入って結合が深まる。

「あ、ぜ、全部入った？」

「まだ半分も入ってない」

「ほんとに？　あ、あっ、動かないで……っ」

ワイアットが動きを止め、雨音はきゅっと蕾を窄めて咥《くわ》え込んだものの質感を確かめた。

ワイアットが低く呻《うめ》き、荒い息を吐く。

「きみが俺を奥まで受け入れてくれるのを待ちたいが、俺もあんまり余裕がない。騎乗位のレッスンはまた今度にしよう」

「ひゃ……っ」

腰を摑まれ、ぐるりと視界が回転する。

雨音の体をベッドに仰向《あおむ》けに押し倒し、ワイアットが正常位の体勢を取った。

「ああん！」

蕾にずぶりと亀頭を突き入れられ、嬌声《きようせい》が漏れる。

早く欲しくて疼いていた媚肉が、悦《よろこ》んでワイアットに絡みつくのがわかった。

先ほど上手く入らなかったのが嘘《うそ》のように、逞しい屹立《きつりつ》がずぼずぼと入っていく。やわらかく蕩けすぎているのが恥ずかしくなって、雨音は肛道に力を入れてワイアットを食い締めた。

「あひっ、だ、だめっ」

雨音の抵抗を察知したワイアットが、角度を変えて前立腺を攻めてくる。

そこを突かれたらひとたまりもない。

たちまち力が抜けて、雨音の体はワイアットの支配下に収まった。

「あっ、ああっ、やだっ、そこはだめ……っ」

「どうしてだめなんだ？　気持ちいい場所だろう？」

「だめ、またいっちゃう、あ、あ、あああ……！」

鈴口から飛び出した精液が、ワイアットの腹筋を濡らす。

ワイアットを咥え込んだ場所から全身に快感がさざ波のように広がっていくのがわかった。

「雨音、俺もいきそうだ」

「ん、いって、おっきいのでいっぱい中擦《こす》って……っ！」

熱に浮かされたように淫らな言葉を口にして、雨音はワイアットの首にしがみついた。

自分が何を言っているかちゃんとわかっているが、快楽の嵐に飲み込まれているときは理性のコントロールは利かないのだ。

「ああ、いっぱい擦ってやる。一緒にいこう」

ワイアットの囁きに、雨音の体は再び欲望の高みへと駆け上がっていった――。

11

マンハッタンの観光名所のひとつ、ハイライン。

廃線になった鉄道の高架部分を利用した線形公園で、全長二・三キロの遊歩道にさまざまな植物が植えられており、観光客や地元の人々の憩いの場になっている。

立ち止まって古いビルが建ち並ぶ地域を見下ろし、雨音はもう何度目になるかわからない歓声を上げた。

「すごい……散々映像で見てたけど、実際歩くとめちゃくちゃ楽しい」

鉄道の高架から町を見下ろす。ただそれだけなのに、まるで違う世界に来たみたいだ。

「ああ。観光地って実際来てみるとがっかりすることが多いが、ここは期待以上だな」

ワイアットもハイラインからの景色に目を細め、スマホを掲げてシャッターを押している。

普段は景色など撮らないのに、これは珍しいことだ。景色以上に雨音の写真を撮っているようだが、それはあとから確認させてもらうことにする。

「これ思いついた人はすごいね。理想的な再利用じゃない？」

「だな。NYのイメージが一気によくなったよ」

雨音もNYの印象は格段によくなったが、それは昨日のサイン会のおかげだろう。

そして、昨夜の情熱的なあれこれも。

（ワイアットが来るまでモノクロの世界だったのが、ワイアットが来て一気にフルカラーになった感じ）

恥ずかしくてなかなか言えないが、ハイラインを歩き終える前にワイアットに伝えたい――できればの話だが。

正面から吹きつけてきた冷たい風に、ぶるっと体が震える。

ＮＹの三月はＬＡと違ってまだ肌寒い。薄手のダウンジャケットを持ってきて正解だった。

「……っ！」

立ち止まって写真を撮っていたワイアットが、追いかけてきて後ろから手を握ってくる。

ふたりとも手袋を持ってこなかったので、手が冷え切っていた。繋《つな》いだ手からじんわりと温もりが広がり、胸も熱くなる。

こうやって公の場で手を繋いで歩くのは初めてだ。

ＬＡ郊外にピクニックに行ったときも少しだけ手を繋いで歩いたが、あのときは人目のない場所限定だった。

ワイアットは人目を気にしないタイプだが、雨音はかなり気にするタイプだ。今朝ホテルを出てワイアットが手を繋いできたときも、緊張のあまり動きがぎくしゃくしてしまった。

「な、俺たちが手を繋いで歩いても誰も気にしてないだろ？」

ワイアットに話しかけられ、少しだけ唇を尖らせる。

「それはまあ……NYだからね」

「LAも大都市だ」

「LAは知り合いがいっぱいいるじゃん」

「知り合いは俺たちがつき合ってるって知ってる。あるいは近々知ることになる。だから問題ない」

「……それはそうなんだけど」

歯切れ悪く言い返したところで、ポケットの中でスマホが着信音を鳴り響かせた。

「電話だ。誰だろ」

遊歩道の端に移動し、画面を確認する。

電話は雨音の親友にしてワイアットの異母妹、フィオナからだった。

「もしもし、フィオナ?」

『雨音? 今いい? どこにいるの?』

ワイアットと顔を見合わせ、雨音は通話をスピーカーにした。

「それが……今NYにいるんだ。ワイアットも一緒」

「やあフィオナ。インターンは順調かな?」

『NY!? なんでまた……まあいいや、詳しくは帰ってから聞くわ。あのさ、私も明日LAに帰ることになったの』

「えっ？　インターン期間は六月までじゃなかった？」

情報工学を学ぶ大学生のフィオナは、シリコンバレーのＩＴ企業でインターン中だ。

通常インターンは大学に通いつつ週に何度か働くパターンが多いのだが、フィオナはシリコンバレーで働くために授業はすべてリモート出席で認めてもらえるよう大学に掛け合った。

企業側が用意したシェア物件に移り住み、先週話したときは特に問題なく働いているような様子だったのだが。

『もう我慢できなくてさ。細かい違和感が積み重なって、それでもなんとか六月まで耐えられそうだったんだけど、昨日でっかい違和感がドカンと落ちてきたのよ。あーやっぱこの会社合わない、辞めますって言って、今荷物まとめてるところ』

「そうなんだ……あ、僕たちも今夜にはＬＡに戻るから、近々会おうよ」

『うん、会いたい。会っていっぱい話そう。それと、雨音が作った料理食べたい』

フィオナの言葉に、ワイアットが声を立てて笑った。

「フィオナはシリコンバレーの鼻持ちならない富裕層とは合わないと思ってたよ。ＬＡＰＤの分析課はいつでもきみを歓迎すると言ってるぞ」

電話の向こうでフィオナが苦笑ともため息ともつかない音を立て、『じゃあまたＬＡで』と通話を切る。

「フィオナ、帰ってくるんだ。僕としては唯一の親友がこのままシリコンバレーの住人になったらちょっと寂しいなあと思ってたから嬉しいけど」

「刑事としての俺はフィオナが戻って捜査に協力してくれると助かる。個人的には、あいつまた飯食いに来るのかよ、ってちょっと思っちまったけど」

ワイアットの本音に、雨音も苦笑とため息の中間の音を発した。

「僕は大歓迎だよ」

「ま、俺もだんだん遠慮がなくなって、フィオナがいても気にせずいちゃつけるようになったから構わないが」

「それはやめて、マジで」

再び手を繋いで歩きながら、ワイアットがふと思い出したように「そういえば」と口にした。

「来月二十日が親父《おやじ》の誕生日なんだ。毎年親戚が集まってパーティをするんだが、俺は仕事の都合で何年も欠席してる。今年は土曜日だから行けそうだなって思ってるんだが、きみも一緒に行かないか？」

突然の誘いに、雨音は動きが固まってしまった。

ワイアットとフィオナの父親は、ＬＡから車で約二時間のベイカーズフィールドに住んでいる。今まで会ったことはないし、おそらく雨音の存在自体知らないはずだ。

（お父さんの誕生日？　えっ？　会ったこともない人を親戚が集まる誕生日パーティに連れて

行くってどういうこと？　僕をどう言って紹介するつもり？）

頭の中で叫びつつ無言ですたすた歩いていると、ワイアットがくすりと笑った。

「きみの心のうちがはっきり見えるよ。〝父親に紹介するってどういうこと？　まさか結婚とか言い出さないよね？　無理無理無理無理！〟」

「ええっ、そこまで飛躍してないよ！　ただちょっと、お父さんの誕生日パーティに誘われるとかびっくりして……っ」

「ただの誕生日パーティだ。身構えなくていい」

「身構えてるわけじゃないけど……」

「フィオナも来るし、去年はチャズも来てたって聞いてる」

「待って。嫌とかそういう話じゃなくて、今は脳が処理しきれない。昨日人生最大って言っていいほどの一大イベントがあったばかりだよ？」

「そうだな。混乱する気持ちもよくわかるよ。まだ時間はあるからゆっくり考えればいいさ」

言いながら、ワイアットが繋いだ手にぎゅっと力を入れてきた。

（ちょっと待って。なんかまたワイアットのペースに乗せられそうになってない？）

頭の中で警報が鳴り響いているが、同時にもうひとりの自分が囁いている。

――別に悪い話じゃないじゃん？　もっと気楽に考えたら？

（いやいやいやいや！）

ハイラインは残り約一キロ。おそらくこのあとはずっとワイアットのお父さんの誕生日パーティのことしか考えられないだろう。

(なんで恋人同士の楽しいＮＹ旅行で、恋人のお父さんのことを考えなきゃいけないの⁉)

爆弾発言をしたワイアットを少し恨みつつ、雨音は大事な恋人の大きな手をぎゅっと握り返した。

あとがき

こんにちは、神香《じんか》うららです。お手にとってくださってどうもありがとうございます。

おかげさまで「事件現場はロマンスに満ちている」第二巻です！　ご感想や続編リクエストくださった皆さま、どうもありがとうございます。雨音《あまね》とワイアットのお向かいさん生活のあれこれを書きたかったので嬉しいです。


今回のお話は、連続殺人事件と雨音の初のサイン会が軸になっております。

サイン会のエピソードは、一巻の後半を書いている時点で頭の片隅にありました。雨音がインスタ用の甘甘ガーリーなメロディではなく、ロマンス作家のラナ・カークとして女装するシーンを書きたいなと思いまして。

ちなみに私もファッションセンスがやばいタイプです。雨音が眉間に皺を寄せて「どうしてこの服を選んだの？　どうしてこの色とこのデザイン？」と言っているところが目に浮かぶ……。自分のセンスが微妙なことはわかっているんですよ。無難にしておこうという気持ちと好みをちょっと足したい気持ちが、良からぬ化学反応を起こしていることも。幸いファッションが重要視される職業ではないので、好きな服を着ることにしています。

雨音とワイアットはまだしばらくはお向かいさん生活が続きそうです。このふたりには、これくらいの距離感がちょうどいいのではないかと思っています。ＬＡに戻ってきたフィオナと三人で、わいわい食卓を囲みながら事件を解決していくことでしょう。

柳《やなぎ》ゆと先生、前回に続いて素敵なイラストをどうもありがとうございます。

実はワイアットが雨音に花をプレゼントするエピソードは、柳先生のイラストがきっかけで生まれました。小説Ｃｈａｒａに読者さんからのリクエストイラストのコーナーがあり、ワイアットが薔薇の花束を持って雨音に会いに来るシーンを描いてくださったのです。照れてる雨音がすごく可愛くて、これは本編でも書かねば！　と。今回は雨音の女装姿のイラストもあるのでとても楽しみです。

そして担当さま、今回も大変お世話になりました。またしても大幅に遅れてしまい、本当に申し訳ありません。

最後になりましたが、読んでくださった皆さま、どうもありがとうございます。よかったらご感想などお聞かせください。

またお目にかかれることを祈りつつ、このへんで失礼いたします。

この本を読んでのご意見、ご感想を編集部までお寄せください。

《あて先》〒141-8202　東京都品川区上大崎3-1-1　徳間書店　キャラ編集部気付
「事件現場はロマンスに満ちている②」係

【読者アンケートフォーム】

QRコードより作品の感想・アンケートをお送り頂けます。

Chara公式サイト http://www.chara-info.net/

■初出一覧
事件現場はロマンスに満ちている②……書き下ろし

事件現場はロマンスに満ちている②……【キャラ文庫】

2024年3月31日　初刷

著者　神香うらら
発行者　松下俊也
発行所　株式会社徳間書店
〒141-8202　東京都品川区上大崎3-1-1
電話　049-293-5521（販売部）
　　　03-5403-4348（編集部）
振替　00140-0-44392

印刷・製本　図書印刷株式会社
カバー・口絵　近代美術株式会社
デザイン　モンマ蚕（ムシカゴグラフィクス）

定価はカバーに表記してあります。

本書の一部あるいは全部を無断で複写複製することは、法律で認められた場合を除き、著作権の侵害となります。

乱丁・落丁の場合はお取り替えいたします。

© URARA JINKA 2024
ISBN978-4-19-901128-3

神香うららの本

好評発売中

［事件現場はロマンスに満ちている］

イラスト✦柳ゆと

デビュー作以外は全く売れず、次がロマンス作家としての正念場――担当編集にはダメ出しされ、立ち寄った店では強盗に遭遇!! 重なる災難に落ち込む雨音《あまね》。そんな窮地を救ったのは、偶然居合わせた非番の刑事ワイアットだ。荒事が日常で、事情聴取はやけに親し気、会えば気軽に食事に誘う――こんな男は少しも俺の好みじゃない!! けれど新境地開拓のため、密かにヒーローのモデルにすることに!?